人间有个小菜园

肖复兴 著

北京联合出版公司

一闲愁,一痛快,这便是放翁的优雅了,即便是庸常琐碎的日子,也可以过出属于自己的优雅来。

生活中，并不是每天都会下雨，
也不是每晚都出星星，
大多的人，大多的日子，
却是庸常琐碎、寡淡无味，
甚至会有许多苦涩和不如意。

一辈子，所经历的，所难忘的，真正能让你心里一动的，都是这样一件件的小事。

也许，我们凡夫俗子的人生，就是由一件件小事构成的。

没有事，就没有人，哪怕这些事再小，再微不足道，再寻常不过。

目录

辑一

菜园、果园、后花园和开心乐园

喝得很慢的土豆汤……002

太阳味道的西红柿……008

大年夜……011

两角钱……014

丝瓜的外遇……017

小店除夕……020

胡同的声音……024

社区的早晨……040

花边饺……044

鲫鱼汤……046

无花果……049

发小就是那把老红木椅子……054

辑
二

一闲愁，一痛快，小事一生

少年护城河……062

年轻时应该去远方……066

小事一生……070

人生除以七……076

放翁优雅自画像……080

生命的平衡……084

美丽的脆弱……088

胡萝卜花之王……091

今朝有酒……096

忧郁的孙犁先生……102

冬夜重读史铁生……108

总有一些瞬间温暖远去的曾经……113

辑
三

庸常的日子，要多一个喜欢

阳光的三种用法……118

绿的断想……121

赛什腾的月亮……124

那片绿绿的爬山虎……128

风中的字……132

等那一束光……135

风中华尔兹……138

芝加哥奇遇……141

乱星的吟唱……144

听民谣小札……149

被雨打湿的杜甫……159

当你穷困潦倒的时候……163

辑四

不要慌，草有时比花漂亮

猫脸花……168

青木瓜之味……171

梅岭之恋……175

诗与成都……181

孤单的雪人……184

河边的椅子……187

草有时比花漂亮……190

那一排钻天杨……196

杏花如雪……204

小满……209

水房前的指甲草……212

辑
五

允许自己做个幸福的人

荔枝……220

姐姐……223

面包房……232

苦瓜……238

小城里的巴黎……240

超重……243

窗前的母亲……246

机场的拥抱……249

平安报与故人知……252

你还能感动得流泪吗……257

辑一

菜园、果园、后花园和开心乐园

喝得很慢的土豆汤

那天下午两点多,我和妻子路过北大,因为还没有吃午饭,忽然想起儿子曾经特意带我们去过的一家朝鲜小馆就在附近,离北大的西门不远,一拐弯儿就到,便进了这家朝鲜小馆。

大概由于早过了饭点儿,小馆里没有一个客人,空荡荡的,只有风扇寂寞地呼呼地吹着。一个服务员,是个胖乎乎的小姑娘,走了过来,把我们领到靠窗的风扇前让坐下,说这里凉快,然后递过菜谱问我们吃点儿什么。我想起上次儿子带我们来,点了一个土豆汤,非常好吃。很浓的汤,却很润滑细腻,微辣中有一种特殊的清香味儿,湿润的艾草似的撩人胃口。不过已经过去了两个多月的时间,我忘记是用鸡块炖的,还是用牛肉炖的了,便对妻子嘀咕:"你还记得吗?"妻子也忘记了。儿子在北大读书的时候,常常和同学到这家小馆里吃饭。由于是二十四小时营业,价格公道,朝鲜风味又特别对他们的口味,非常受他们的欢迎,他们对这里的菜当然比我们要熟悉。大学毕业,儿子去美国读研,放假回来,和同学聚会,总还要跑到这里,点他们最爱吃的菜。可惜,儿子假期已满,又回美国接着读书去了,天高地远，没法子问他了。

没有想到，小姑娘这时对我们说道："上次你们是不是和你们的儿子一起来的，就坐在里面那个位子？"她说着一口比赵本山还浓郁的东北话，用胖乎乎的小手指了指里面靠墙的位子。

我和妻子都惊住了。她居然记得这样清楚，那时，我们和儿子确实就坐在那里。

我更没有想到的是，她接着用一种很肯定的口气对我们说："那次你们要的是鸡块炖土豆汤。"

这样肯定，让我心里相信了她，不过，我开玩笑地对她说："你就这么肯定？"

她笑了："没错，你们要的就是鸡块炖土豆汤。"

我也笑了："那就要鸡块炖土豆汤。"

她望望我和妻子，像考试成绩不错得到了表扬似的，高声向后厨报着菜名："鸡块炖土豆汤！"然后高兴得风摆柳枝走去。

刚才和小姑娘的对话，让我和妻子在那一瞬间都想起了儿子。思念，一下子变得那么近，近得可触可摸，就在只隔几排座位的那个位子上，走过去，一伸手，就能够抓到。两个多月前，儿子要离开我们回美国读书的时候，特意带我们到这家小馆，让我们尝尝他和他的同学的青春滋味。那一次，他特别向我们推荐了这个鸡块炖土豆汤，他说他和他的同学都特别爱喝，每次来都点这个土豆汤，让我们一定要尝尝。因为儿子临行前的时间安排得很满，我和妻子知道，那一次，也是他和我们的告别宴。所以，那一次的土豆汤，我们喝得格外慢，边聊边喝，临行密密缝一般，彼此嘱咐着，诉说着没完没了的话，一直从中午喝到了黄昏，一锅汤让服务员续了几次汤，又热了几次。许多的味道，浓浓的，都搅拌在那土豆汤里了。

不过，事情已经过去了两个多月，我都忘记了到底喝的什么土豆汤了，这个胖乎乎的小姑娘居然还能够如此清楚地记得我们喝的是鸡块炖土豆汤，而且记得我们坐的具体位子，真让我有些奇怪。小馆二十四小时营业，一直热闹非常，来来往往那么多的客人，点的那么多不同品种的菜和汤，她怎么就能够一下子记住了我们，而且准确无误地判断出那就是我们的儿子，同时记住了我们要的是什么样的土豆汤？这确实让我好奇，百思不解。

汤上来了，鸡块炖土豆汤，浓浓的，热气缭绕，清香扑鼻，抿了一小口，两个多月前的味道和情景立刻又回到了眼前，熟悉而亲切，仿佛儿子就坐在面前。

"是吧，是这个土豆汤吧？"小姑娘望着我，笑着问我。

"是，就是这个汤。"

然后，我问小姑娘："你怎么记得我们当初要的是这个汤？"

她笑笑，望望我和妻子，没有说话，转身走去。

那一天下午的土豆汤，我们喝得很慢。

结完账，临走的时候，小姑娘早早地等候在门口，为我们撩起珠子穿的门帘，向我们道了声再见。我心里的谜团没有解开，刚才一边喝着汤一边还在琢磨，小姑娘怎么就能够那么清楚地记得我们和儿子那次到这里来吃饭坐的位子和要的土豆汤？总觉得一定是有原因的。

那么，是什么原因呢？是因为那一次我们的土豆汤喝得太慢，麻烦让她来回热了好几次的缘故，让她记住了，还是因为来这家小馆的大多是附近年轻的大学生，一下子出现我们这样大年纪的客人，显得格外扎眼？我不大甘心，出门前再一次问她："小姑娘，你是怎么记住我们要的就是鸡块炖土豆汤的呢？"

她还是那样抿着嘴微微地笑着，没有回答。

我只好夸奖她："你真是好记性！"

一路上，我和妻子都一直嘀咕着这个小姑娘和对我们来说有些奇怪的土豆汤。星期天，和儿子通电话时，我对他讲起了这件事，他也非常好奇，一个劲儿直问我："这太有意思了，你没问问她到底是怎么回事吗？"我告诉他："我问了，小姑娘光是笑，不回答我为什么呀。"

被人记住，总是一件让人高兴的事，不过，对于我们一家三口，这确实是一个谜。也许，人生本来就有许多解不开的谜，让生活充满着迷离的想象，让人和人之间有着神奇的交流，让庸常的日子有了温馨的念想和悬念。

又过去了好几个月，树叶都渐渐地黄了，天都渐渐地冷了。那天下午，还是两点多钟，我去中关村办事，那家小馆，那个小姑娘，和那锅鸡块炖土豆汤，立刻又从沉睡中苏醒过来似的，闯进我的心头。离着不远，干吗不去那里再喝一喝鸡块炖土豆汤？这样想着，便一拐弯儿，又进了那家小馆。

因为不是饭点儿，小馆里依然很清静，不过，里面已经有了客人，一男一女正面对面坐着吃饭，蒸腾的热气弥漫在他们的头顶。见我进门，一个小伙子迎上前来，让我坐下，递给我菜谱。我正奇怪，服务员怎么换成男的，那个小姑娘哪里去了？扭头看见了那一对面对面坐在那里吃饭的人中的那个女的，就是那个胖乎乎的小姑娘，对面坐着的是一个年龄四五十岁的男人，看那模样长得和小姑娘很像，不用说，一定是她的父亲。小姑娘也看见了我，向我笑笑，算是打了招呼。

我要的还是鸡块炖土豆汤。因为炖汤需要一些时间，我走过去和小姑娘聊天，看见他们父女俩要的也是鸡块炖土豆汤。我笑了，她也笑了，那笑中含有的意思，只有我们两人明白，她的父亲看着有些蹊跷。

我问："这位是你父亲？"

她点点头，有些兴奋地说："刚刚从老家来。我和我爸爸都好几年没有见了。"

"想你爸爸了！"

她笑了，她的父亲也很憨厚地笑着，望望我，又望望女儿。

难得的父女相见，我能想象得出，一定是女儿跑到北京打工好几年了，终于有了父女见面的机会，的确是难得的。我不想打搅他们，走回自己的座位，要了一瓶啤酒，静静地等我的土豆汤。我的心里充满着感动，我忽然明白了，这个小姑娘当初为什么一下子就记住了我们和儿子，记住了我们要的土豆汤。人同此情，情同此理，没有比亲人之间分别的思念和相逢的欢欣，更能够让人感动和难忘的了。亲情，在那一刻流淌着，洇湿了所有时间和空间的距离。

土豆汤上来了，抬头一看，我没有想到，是小姑娘为我端上来的。

我还没有责怪她怎么不陪父亲,她已经看出了我的意思,先对我说:"我们店里的人手少,老板让我和我爸爸一起吃饭,已经很不错了。"和上次她像个扎嘴的葫芦大不一样,她的话明显地多了起来。说罢,她转身走去,走到她父亲的旁边,从袅娜的背影,也能看出她的快乐。

那一个下午,我的土豆汤喝得很慢。我看见,小姑娘和她的爸爸那一锅土豆汤喝得也很慢。

太阳味道的西红柿

日子过去得非常快,一旦成了历史,事情便很容易褪色。鲜亮的颜色总是漆在眼前或即将发生的事情上,而不在如烟的往事上。

在北大荒插队,秋天是最美的,瓜园里有吃不够的西瓜和香瓜,让我们解开裤带敞开了吃。但过了秋天,漫长的冬季和春季,别说水果,就是蔬菜都很难见到了。我们要一直熬到夏天到来,才终于能尝到鲜,第一个鲜亮亮跑到我们面前的就是西红柿。在北大荒,我们是把西红柿当成宝贵的水果吃的。想想,一冬一春没有见过水果,突然见到这样鲜红鲜红的西红柿,当然会有一种和阔别多日的朋友(尤其是女朋友)见面的感觉。蠢蠢欲动是难免的,往往等不及西红柿完全熟透,我们就会在夜里溜进菜园,趁着月光,从架上拣个大的西红柿摘下来,跑回宿舍偷偷地吃(如果能蘸白糖吃,那么简直比任何水果都要美味了)。

那时候,我最爱到食堂去帮厨,原因之一就是可以去菜园摘菜。北大荒的菜园很大,品种很多,最好看的还得属西红柿。其余的菜都是趴在地上的,比如南瓜、白菜、萝卜,长在架子上的菜总有一种高人一等的昂昂乎的劲头。但是，架上的扁豆还没有熟，北大荒的黄瓜五短身材难看死了，只有西红柿红扑扑、圆乎乎的，样子极耐看。没有熟的，青青的，没吃嘴里先酸了；半熟不熟的，粉嘟嘟的，含羞带怯像刚来的女知青般羞涩；熟透的，从里到外红透了，坠得架子直弯直晃，像村里那些小娘儿们般妖冶……

离开北大荒好久了，还是总能想起那里的西红柿，尤其是那种皮是红的，切开来里面的肉是粉的，我们管它叫作面瓢的西红柿，有种难得的味道，不仅仅是甜和酸，也不仅仅是口感清新汁水丰厚，那真是一种其他水果没有的味道。吃着这种西红柿，躺在一望无边的麦地里，或是躺在场院高高的囤尖上吃，是最美不过的了。我们会吃完一个又一个，直至吃得肚子圆鼓鼓的再也吃不下去为止。那些西红柿被晒得热乎乎的，总有一种太阳的味道。

回北京好长一段时间了，总觉得北京的西红柿不好吃，酸、汁水少，没有那种北大荒的面瓢西红柿。我母亲还在世的时候，有一年的春天种了一株丝瓜、一株苦瓜，还种了一棵西红柿。从小在农村长大的母亲，对于种菜很在行。夏天，这几种玩意儿全活了，长势不错，只是西红柿长不大，就那样青青的愣在架上萎缩了，最后只剩下一个终于长大了，渐渐地变红了。我告诉母亲别摘它，就那么让它长着，看个鲜儿吧。夏天快要过去了，整天晒在那里，它快要蔫了，母亲舍不得看着它蔫下去烂掉，从困苦中熬出来，一辈子总是心疼粮食蔬菜，最后还是把它摘了下来。在母亲的手里，西红柿虽然蔫了，却依然红红的，格外闪亮。那一天，母亲用它做了一碗西红柿鸡蛋汤。说老实话，我没吃出什么味儿来。

唯一一次西红柿鸡蛋汤吃出味道的，是第一次从北大荒休探亲假回北京。弟弟的一位从青海来的朋友请我到王府井的萃华楼吃饭。那时他们在青海三线工厂工作，比我们插队的有钱。我是第一次到这样的饭店来吃饭，是冬天，是在北大荒没有水果没有蔬菜的季节。这位朋友点菜时说得要碗汤吧，要了这个西红柿鸡蛋汤。那是一碗只有几片西红柿的鸡蛋汤，但那汤做得确实好喝，西红柿有一种难得的清新。蛋花打得极好，奶黄色的云一样漂在汤中，薄薄的西红柿片，几乎透明，像是几抹淡淡的胭脂，显得那样高雅。我真的再也没有喝过那样好喝的西红柿鸡蛋汤了，也许，是离开北大荒太久了。

大年夜

我家住的小区里,有家理发店,十四年前,我刚住进这个小区,它就存在。十四年来,花开花落,世事如风,变迁很大,它的老板始终是一个人。什么事情,能够坚持十四年恒定不变,都不容易,都会老树成精的。

因为常去那里理发,我和这位老板很熟,知道每年春节前是他生意最好的时候,他会坚持到大年三十的晚上,一直送走最后一位客人,然后回江西老家过年。他买好了大年夜最后一班的火车票,他说虽然赶不上吃大年夜的团圆饺子,但这一天车票好买,火车上很清静,睡一宿就到家了。

今年年前,因为有些事情耽搁了,我一直到了大年三十的晚上,才去他那里理发。因为去的时间毕竟晚了,进门一看,伙计们都已经下班,店里只剩下他一人,正要拔掉所有的电插销,关好水门和煤气的开关,准备关门走人了。他热情地和我打过招呼,把电插销重新插上,拿过围裙,习惯性地掸了掸理发椅,让我坐下。我有些抱歉地问他会不会耽误他乘火车的时间。他说没关系,理你的头发不费多少时间的。

我知道,理我的头发确实很简单,就是剪一下,洗个头,再吹个风。不到半个小时,就完活儿了。但毕竟有些晚了,还是有些抱歉。迎来送往的客人多了,理发店的老板都是心理学家,一般都能够看出客人的心思。他看出我的心思,开玩笑对我说,怎么我也得送走最后一个客人,这是我们店的服务宗旨。

就在他刚给我围上围裙的时候,店门被推开了,进来一位三十来岁的女人,急急地问:还能做个头吗?老板对她说:行,你先坐,等会儿!那女人边脱大衣边说,我一路路过好多家理发店都关门了,看见你家还亮着灯,真是谢天谢地。

等她坐下来,我隐隐地替老板担忧了。因为老板问她的头发怎么做,她说不仅要剪短,要拉直,而且关键是还要焗油,这样一来,没有一个多小时,是完不了活儿的。等她说完这番话时,我看见老板刚刚拿起理发剪的手犹豫了一下。

显然,她也看出来了老板这一瞬间的表情,急忙解释,带有几分夸张,也带有几分求情的意思说:求你了,待会儿,我得跟我男朋友一起去见他妈,我是第一次到他家,而且还是去过年。虽说丑媳妇早晚得见公婆,但你看我这一头乱鸡窝似的头发,跟聊斋里的女鬼似的,别再吓着我婆婆!

老板和我都被她逗笑了。老板对她说:行啦,别因为你的头发过不好年,再把对象给吹了。

她大笑道:您还是真说对了,我这么大年纪,也是属于"圣(剩)斗士"了,找这么个婆家不容易。

我知道，时间对于老板的紧张，赶紧向老板学习，愿意成人之美，便让出了座位，对老板说：你赶紧先给这位美女理吧，我不用见婆家，不急。她忙推辞说，那怎么好意思！我对她说，老板待会儿还得赶火车。她说，那就更不好意思了。但我抱定了英雄救美的念头，把她拉上了座位，然后准备转身告辞了。老板一把拉住我说，没你说的那么急，赶得上火车的。正月不剃头，你今儿不理了，要等一个月呢！我只好重新坐下，对老板说，那你也先给她理吧，我等等，要是时间不够，就甭管我了。

那女人的感谢，开始从老板转移到我的身上。老板麻利儿地做完她的头发，让她焕然一新。都说人靠衣装马靠鞍，其实人主要靠头发抬色呢，尤其是头发真的能够让女人焕然一新。但是，时间确实很紧张了，老板招呼我坐上理发椅时，我对他说，不行就算，火车可不等人。老板却胸有成竹地说，没问题，你比她简单多了，一支烟的工夫就得！

果然，一支烟的工夫，发理完了。我没有让他洗头和吹风，帮他拔掉电插销，关好水门和煤气的开关，拿好他的行李，一起匆匆走出店门的时候，看见那女人正站在门前没几步远的一辆丰田车的旁边，挥着手招呼着老板。我和老板走了过去，她对老板说：上车，我送您上火车站。看老板有些意外，她笑着说，走吧，候着您呢。老板不好意思地说，别耽误了你的事，她还是笑着说，这时候不堵车，一支烟的工夫就到。

丰田车欢快地跑走了。小区里，已经有人心急地燃放起了烟花，绽放在大年夜的夜空，就像突然炸开在我的头顶，挺惊艳的。

两角钱

有时只是举手之劳,就能帮助别人,但我们对好多举手之劳的事情却熟视无睹,而不愿意伸出手来——

那天下午,我去邮局寄信,人很多,大多是在附近工地干活的民工,才想到是他们发工资的日子,在往远在千里之外的家里寄钱。

我寄了一摞子信件,最后算邮费,掏光了衣袋里所有的零钱,还差两角钱。我只好掏出一张一百元的票子,请柜台里的女服务员找。她没有伸手接,望了望我,面色不大好看。为了两角钱要找一百元的零头,这确实够麻烦的,难怪她不大乐意。

我下意识弯腰又翻裤兜的时候,和一个男孩子的目光相撞。十四五岁的样子,一身尘土仆仆的工装,不用说,也是工地上的民工,跟着大人们一起来寄钱。他就站在我旁边的柜台的角上,个头才到我的肩膀,瘦小得像个豆芽菜。我发现他的眼光里流露着犹豫的眼神,抿着嘴,冲我似笑未笑的样子,有些怪怪的。而他的一只手揣在裤袋里,活塞一样来回动了几下,似掏未掏的样子,好像那里藏着刺猬一样什么扎手的东西,更让我感到奇怪。

没有，裤袋也翻遍了，确实找不出两角钱。我只好把那张一百元的票子又递了上去，服务员还是没有接，说了句：你再找找，就才两角钱还没有呀。可我确实没有啊，我有些气，差点没和她吵起来。

这时候，我的衣角被轻轻地拉了一下，回头一看，是那个小民工，我看见他的手从裤袋里掏了出来，手心里攥着两角钱：我这里有两角钱。说完这句外乡口音很重的话，他羞涩得脸红了。原来刚才他一直是在想帮助我，只是有些犹豫，是怕我拒绝，还是怕两角钱有些太不值得？我接过钱，有些皱巴巴的，还带有他手心的温热，虽然只是两角钱，也是他的血汗钱。我谢了他，他微微地一笑，只是脸更有些发红了，真是一个可爱的孩子。

接过两角钱，服务员的脸上呈现了笑容。邮戳在信件上欢快地响了起来。

寄完信，我去附近的超市买东西，破开了那一百元的票子，有了足够的零钱。我又回到邮局里，不过，那时已是落日的黄昏，不知那个孩子还在不在？我想如果那个孩子还在，应该把钱还给他。

他还真的在那里，还站在柜台的角上，那些民工们还没有汇完钱，他是在等着大人们一起回去。我向他走了过去，他看见了我，冲我笑了笑，因为有了那两角钱，我们成了熟人，他的笑容让我感到一种天真的亲切，很干净透明的那种感觉。

走到他的身边，我打消了还那两角钱的念头。我不知道这样做对不对，但看到他那样的笑，总觉得他是在为自己做了一件帮助人的好事，才会这样的开心。能够帮助人，而且是举手之劳的事情，尤其是帮助了一个看起来比自己大许多的大人，心里总会产生一种美好的感觉吧。我当时就这样想，干吗要打破孩子这样美好的感觉呢？一句谢谢，比归还两角钱，也许，更重要吧？我轻轻地抚摸了一下他的头，问了句：还没走呀？然后，我再次郑重地向他说了声：谢谢你啊！他的脸上再次绽放出笑容。

以后，我多次去过那家邮局，再也没有见到那个孩子，但我怎么也忘不了他。他让我时时提醒自己，面对一些举手之劳的事情，能够伸出手来去帮助他人，一定要伸出手来。不过，我有时总会想，没有还给孩子那两角钱，这样做到底对不对？

丝瓜的外遇

那天，到菜市场买了几条丝瓜，因为已经买了好多的菜，手里拿着满满的好几个兜子，给小贩交完钱，提着菜兜转身就走了。等到晚上做饭时找丝瓜，才想起放在菜摊上忘记拿了。

几条丝瓜，没几个钱，但第二天到菜市场去买菜时，忽然想到那个菜摊前问问，看看菜贩兴许好心地帮我收起了丝瓜，守株待兔等着我回去取。走到那个菜摊前一问，菜贩摇摇头，一脸无辜的茫然。我向他道了谢，转身走了，这事本来怨我而不怨他，不见得就一定是他将几条丝瓜"秘"了起来，也可能是别人顺手牵羊拿走了丝瓜。买菜的人来人往，菜经他的手各种各样，他哪里顾得过来这几条小小的丝瓜？

也是退休后无所事事，那一刻，脑子里忽然冒出这样一个念头，就在这个每天都喧嚣热闹的菜市场，做个小小的试验。便找了三家菜摊，各买了三条丝瓜，然后，交完钱，都放在了菜摊前那一堆有青有绿有红的蔬菜堆儿里，转身就走了。我想明天再去菜市场，看看这三家菜摊，会有哪家能够看到我忘在菜摊上的丝瓜，替我保存，等着我回去取；或是，哪家都没有了丝瓜，只剩下了今天看到的那个菜贩的一脸无辜的茫然。小小的丝瓜，会是一张 pH 试纸，能够试探出人心薄厚和人情暖凉呢。

第二天，我去了这三家菜摊，两家，没有了丝瓜，只有茫然；一家的菜贩却没等我问话，就从菜摊下面提出了装着那三条丝瓜的塑料兜，笑吟吟地递给我。

应该说，试验的结果还算不坏，二比一，毕竟没有让人完全失望，九条丝瓜没有全部不翼而飞，留下了三条，锚一样，还沉稳地留在了水底，揽住了小船，没有被风浪吹走，不知所终。

不过，有意思的是，这家替我保存住"遗忘"的丝瓜的菜贩，是我认识的，我常常到他那里买菜，特别是西红柿，我都会到他那里买。因为彼此熟了，他会连问都不用问我，直接从西红柿筐里替我挑最好的给我。有时候，差个几分钱几角钱，他也会抹去零头，甚至忘记了带钱或者钱不够了，他会让我赊着，明天来买菜时再带给他。

我在想，如果不是我们已经很熟识了，他会为我保存下这三条丝瓜吗？

我又想，以前老北京，几乎每条胡同都会有一家菜摊或菜店，因为都是街里街坊的，无论卖菜的，还是买菜的，每天抬头不见低头见，彼此都熟悉得不能再熟悉了，别说是买了菜忘在菜摊或菜店里了，就是你把别的东西甚至钱包忘在那里了，一般回去都会找得到的，菜摊或菜店里的人都会替你保管好。这原因其实也很简单，因为在一条街上，大家都认识，彼此的信任和信誉，以及常年积累起来的感情，比贪一点儿小便宜要重要得多。所以，那时候，尽管物资匮乏，大家都不富裕，但很少会出现缺斤短两或假冒伪劣之类的欺诈。对比那时农耕时代的商业模式，如今的菜市场，发展了好多，也流失了好多东西。其中流失最多的，就是买卖之间的那种邻里之间的人情味。

我将自己这样的想法，对那位替我保存丝瓜的菜贩说了，他笑笑对我说："人情味，也不是说现在就没了，你们买菜的看得起我们，我们卖菜的自然就会高看你们一眼。这东西，就跟脚上的泡，走的日子多了，自然就长出来了。你说，那几条丝瓜能值几个钱？"

他说得有道理，丝瓜不过只是人情味的一种外化，是彼此心情的一种外遇。

2011 年 11 月于北京

小店除夕

去年夏天，我们社区里新开了一家小店，主要卖蔬菜水果，兼卖米面油盐。小店虽小，也算是五脏俱全，方便社区人家。己亥年除夕，小店还在开着，要开到下午，专门等着那些工作忙碌晚回家的人，可以到这里买他们需要的东西，尤其是过年包饺子的韭菜。

小店虽然只开了小半年，但天天往来，已经和大家很熟悉，成为街里街坊一般亲切。人们早已经看得门儿清，是从河北乡间来北京打工的一家子经营这个小店。父亲和母亲整理果菜，不时地清扫一些挑剔的顾客随手掰下的菜叶，儿子开一辆面包车负责进货，儿媳妇在电子秤前结账收银。沙场点兵，倒也各在其位，一家人忙忙碌碌，脚不拾闲，把小店弄得井井有条，红红火火。

父母和儿子都是扎嘴的葫芦——不大爱说话，儿媳妇爱说，嘴也甜，叔叔阿姨、爷爷奶奶的，叫得很亲。人们都爱到小店里买东西，省了走路到外面的超市去，像是又回到过去住胡同的时候，胡同里的副食店（过去我们管这样的小店叫作油盐店），虽然没有现代超市那样繁华，却绝对没有假货过期货或缺斤少两。如果忘记带钱或者带的钱不够，完全可以下次再补上。如果是老人，买的东西多，儿子会主动上来帮你扛回家。如果你生病了，下不了楼，出不了门，只要你和小店扫下了微信，在微信里告诉一声，他们可以送货上门。小店成了大家的菜园、果园、后花园和开心乐园。

除夕这一天，小店开到了下午，然后，他们全家坐上儿子开的那辆面包车，回家过年。两个多小时的路程，只要不耽误除夕夜的饺子和鞭炮就行！儿媳妇笑吟吟地对来到小店里的客人，一遍又一遍重复说着，脸上一遍又一遍绽放出甜美的笑容。

有人给小店送来福字和剪有卡通猪的窗花，这一家子都贴在了小店的窗户和房门上。人们说，是让你们带回家过年贴的。儿媳妇笑着说：现在就是过年了，贴在这里，我们不在，也显得喜兴，让它们替我们看店！

下午两点多了，小店里剩下的货物还有不少，特别是水果，香蕉、苹果、梨、橙子，还有新鲜的草莓和刚进不两天的杨桃。如果卖不出去，他们又带不走这么多，这一走，得过了正月十五才回来，全都得烂在这里。儿媳妇还在一直笑吟吟地结账收银，和街坊说着过年的话，爹妈的脸色有些发沉，心里一定担心这么多卖不出去的水果，都砸在手里可怎么办！

吃过午饭休息过后的街坊们，专程到小店里买东西的不多，路过这里的不少，一看小店还开着门，这一家子还没有回家过年，都走进小店，好奇，也关心地看看，问问。自从社区里有了这家小店，这里人来人往，进进出出，热闹得很，也让人们亲近得很。以前买个菜买个水果，就是买瓶酱油，也都得跑老远去超市，超市很大，进去了，就淹没在人海里，谁和谁都不认识。有了这家小店，人们出家门抬脚就到，进来都是街坊，相互搭个话，越来越熟悉，越说话越多，小店成了大家的一个公共客厅，买了菜，买了水果，买了酱油醋糖，还交流了好多信息，说了好多家长里短的亲热的话。

儿媳妇见这么多人进来，高声叫喊着："所有的东西都半价处理了呀！"街坊们都明白了，油盐酱醋糖，一瓶子一瓶子，一袋子一袋子，放在这里没问题，这些蔬菜和水果，必须都卖出去，要不就损失了啊，那都是钱，都是这一家子的辛苦血汗呀。

于是，不管需要不需要，进来的人，每个人都从货架上取下点儿东西，不一会儿，儿媳妇的电子秤前，居然排起了长队。儿媳妇把东西上秤称好，打出小票，递给人们，不忘说句："阿姨，您看看，小票上是不是打上了半价，要不是，您告诉我一声。"人们说："不是半价，我们也会买的！"还有人对儿媳妇说："待会儿回家，我会告诉街坊，让大家都来，你放心，这点儿东西都能卖出去！"

我站在队后，听着这些话，心里很感动。在这个陌生的社区里，从来没有听到过这样亲切而贴心的话。普通百姓的良善，是温暖彼此最美好的慰藉。过去的一年，哪怕有再多的不如意和委屈，这一刻，也都随风而去。一年四季，有这样的一个年要过，真的很好，值得期待。

四点左右的时候，我专门到小店门口，货物真的都卖出去了。这一家正在打扫房子，然后锁上门窗，看见了我，向我挥挥手，鱼贯挤进面包车。面包车鸣响一声喇叭，扬长而去。望着车远去，西天正落日熔金。

2019 年春节于北京

胡同的声音

一

　　胡同的声音，就是胡同里的叫卖声，北京人管它叫吆喝声。稍微上了点儿年纪的北京人，谁没有在胡同里听见过吆喝声呢！有了走街串巷的小贩那些花样迭出的吆喝声，才让一直安静甚至有点儿死气沉沉的胡同，一下子有了生气。就像安徒生童话里说的，一只手轻轻地一摸，一朵冻僵的玫瑰花就活了过来，伸展开了它的花瓣。没有了吆喝声，胡同真的就像没有了魂儿。全是宽敞的大马路，路这边房子里的人，要到路那边房子里去，得过长长的过街天桥，当然，就听不见吆喝声了，只剩下汽车往来奔跑的喧嚣声。

　　关于老北京胡同的吆喝声，张恨水曾经这样充满感情地写过："我也走过不少的南北码头，所听到的小贩吆喝声，没有任何一地能赛过北平的。北平小贩的吆喝声，复杂而谐和，无论是昼是夜，是寒是暑，都能给予听者一种深刻的印象，虽然这里面有部分是极简单的，如'羊头肉''卤肥鸡'之类，可是他们能在声调上，助字句之不足。至于字句多的那一份优美,就举不胜举,有的简直就是一首歌谣。"

张恨水不是北京人,但他说得真好。没错,有的吆喝声,真的就是一首好听又上口的歌谣。

比如,过年的时候,卖年画春联的小贩的吆喝:"街门对,屋门对,买横批,饶喜字。揭门神,请灶王,挂钱儿,闹几张。买的买,捎的捎,都是好纸好颜料。东一张,西一张,贴在屋里亮堂堂。臭虫它一见心欢喜,今年盖下过年的房……"合辙押韵,朗朗上口。这里吆喝的"闹"就是买的意思,他不说买,而是说"闹";这里说的"过年",不是说眼面前过春节的过年,说的是来年,是下一年。他不这么说,而是说"过年",都是只有老北京人听着才能够体会得到的亲切劲儿。

再比如,那年月火柴还没有行市,有卖火镰的小贩沿街这样吆喝他卖的火镰好使:"火绒子火石片火镰,一打就抽烟,两打不要钱——"真的像是歌谣一样,生动,形象,又悦耳上口,一听就记住了。

再比如,老北京有一种卖儿童小食品糖哑麦的小贩,吆喝起来别有一番味道:"姑娘吃了我的糖哑麦,又会扎花又会纺线;小秃儿吃了我的糖哑麦,明天长短发后天扎小辫……"夸张,却让人感到亲切,不管是大人还是孩子听了,都能会心一笑。

再比如,冬天卖白薯的小贩也能吆喝出花儿来:"栗子味儿的白糖来——是栗子味儿的白薯来,烫手来,蒸化了,锅底儿,赛过糖来,喝了蜜了,蒸透了,白薯来,真热乎呀,白薯来……"一个烀白薯,让他一唱三叠,愣是吆喝成了珍馐美味。

再比如，秋天卖秋果的小贩这样吆喝："秋来的，海棠来，没有虫儿的来；黑的来，糖枣来，没有核儿的来……"用最简单却又最形象的语音，把要卖的海棠和黑枣的优点突显了出来。

再比如，夏天卖酸梅汤的小贩是这样吆喝的："又解渴，又带凉，又加玫瑰，又加糖，不信您就闹一碗尝一尝！"小贩手里打着小铜板做的冰盏，就跟说快板书一样，颇有些自得其乐的意思。

还有卖油条的小贩的吆喝，更是绝了："炸了一个脆咧，烹得一个焦咧，像个小粮船儿的咧，好大的个儿咧，锅里炸的馃咧，油又香咧，面又白咧，扔在锅里就飘起来咧，白又胖咧胖又白咧，赛过了烧鹅的咧——一个大个儿的油炸馃咧！"极尽夸张，用了各种比喻，在语文课上，可以作为教孩子修辞方法的教材了。

这些吆喝声，真的太遗憾了，由于年龄的限制，我没听到过。这几个例子，都是从光绪年间蔡省吾的《一岁货声》中看到的。

在这本老书中，还有这样一种吆喝，让我格外感兴趣，是卖盆的。"卖小罐呕，喂猫的浅呕，舀水的罐呕，澄浆的盆啊啊呕……"引我兴趣的，在于这样的吆喝声后，还要有一段注解，卖盆的小贩"一边学老鸹打架，先叫早，后争窝，末请群鸦对谈，嬉笑怒骂中，有和解意。无不笑者"。这样吆喝声就更为丰富了，夹带着民间艺术，简直就是口技，没有一点儿能耐的，还真的卖不了这些看似简单的盆。所以，俗话说："卖盆的，满嘴是词（瓷）儿！"

这些歌谣一样美丽动听的吆喝声，随着胡同一天少于一天地逐步消失，也快消失殆尽了。

我听到的吆喝声，从小时候，一直延续到二十世纪七十年代末。那时候，听到最多的，是剃头师傅手里摇着一串长长的铁片，或者是吹着一把小铜号，叫喊着"磨剪子来——抢菜刀"的吆喝声。所谓戗菜刀，是给刀开刃。每每听到这样的叫喊，我们一帮孩子就会站在院子里，模仿着磨剪子师傅的样子，一手捂着耳朵，齐声吆喝起来："磨剪子来——抢菜刀"，故意和磨剪子的师傅比赛谁的嗓门儿高。那是我们在找乐子，也是我们的童谣。

那时候，卖冰棍儿推着小推车，有的老太太卖冰棍儿，索性把她家的婴儿推车推了出来，是那种藤条编的小推车。没有冰柜，都是装在大号敞口的暖水瓶里，再在外面裹上层棉被，"冰棍儿——败火，红果冰棍儿，三分一根儿！"短促，沙哑，有力，成了我最熟悉也最亲切的吆喝声。我们胡同里卖冰棍的基本上都是老太太，即使她们掉了牙豁了缝儿的嘴巴吆喝出来的声音再含混不清，我们也能一耳朵就听得出来是卖冰棍儿的来了，伸手冲着家长要完钱，一阵风似的跑出院子。

二十世纪七十年代后期，还有木匠扛着工具在胡同里吆喝："打桌椅板凳，打大衣柜来——"在《一岁货声》中，也收录了木匠的吆喝声，他是放在"工艺"一栏里，把他们放在工艺人行列里，和一般的小商小贩有区别。《一岁货声》这样写他们的吆喝声，和我听到的不尽相同："收拾桌椅板凳！"这里所说的"收拾"，更多指的是"修理"的意思。在后面特别注明："在行者，背荆筐，带小家具者，会雕刻其器，统括二十八宿。其外行者，背板匣。"这里说的"带小家具",我以为应该是"带小工具"之误。这里说的在行者与外行者,很像齐白石说他年轻当木匠时有小器作和大器作之分。一个"背荆筐",一个"背板匣",将这种区分说得很是形象。

那时候,我插队回北京不久,从北大荒带回来不少黄檗罗木,是当地老乡送我的,对我说:"回去结婚时好打大衣柜用。"他们替我想得很周到,那时候,买什么都需要票证,大衣柜更是紧俏商品。听见木匠的吆喝声,我跑了出去,是个外地来京的木匠,背着个简单的背包,里面装着锯斧凿刨之类简单的工具。我把他请进院子,让他给我打了一个大衣柜,一个写字台,一连干了几天的活儿。

记得很清楚,那木匠一边打这个大衣柜,一边对我说:"你这木料可够好的了,这可都是部队用来做枪托的料呢,打大衣柜可有点儿糟践材料了!"我告诉他,着急准备结婚用,要不也舍不得。那时候,流行一个顺口溜:"抽烟不顶事儿,冒沫儿(指喝啤酒)顶一阵儿,要想办点儿事,还得大衣柜儿。"这个大衣柜打好了,一直到结完婚了,都有孩子了,柜门还没安上玻璃。买玻璃得要票,我弄不到票。

二

我对胡同里的吆喝声没有研究,但对这样一些吆喝声特别感兴趣——

卖花生——芝麻酱味儿的。

卖烤白薯——栗子味儿的。

卖萝卜——赛梨味儿。

卖甜瓜——冰激凌味儿。

卖西瓜——块儿大，瓤儿高，月饼馅儿的来！要不就是：管打破的西瓜，冰核儿的来哎！要不就是：斗大的西瓜，船大的块儿，青皮红瓤，杀口的蜜呀！还有这样吆喝的：块儿大呀，瓤就多，错认的蜜蜂儿去搭窝，赛过通州的小凉船的来哎！

这样的吆喝声，真的体现了吆喝的艺术，它们绝不做梗着脖子青筋直蹦直白的喊叫，而总能恰如其分地找到和他们所要卖的东西相衬托、相和谐的另一种比喻，透着几分幽默，又透着一丝狡黠，让自己所卖的东西一下子活灵活现，吸引众人。

尤其是卖西瓜的。那时候，哪个街头巷尾，不摆着个卖西瓜的小摊，摊主要想吸引人们到自家的摊子前买瓜，吆喝声就得与众不同：你说是月饼馅儿的一个甜，我就说是带冰核儿的一个凉；你说是蜜一般的甜，我就说是蜜蜂跑到我的西瓜棚错搭了窝——更甜；我还得特别再加上一句，我的西瓜块儿大得赛过了小凉船，而且，是从通州来的小凉船。这是大运河从通州过来，一直能流到大通桥下（如今的东便门角楼下）的情景，是带有指定性的具体场景，是那时候的人们都看得见的熟悉的情景，因此才会让人感到亲切，如在目前。

那时候，站在胡同里，不买西瓜，光看他们耍着芭蕉扇，亮开了大嗓门儿吆喝，也非常有趣，是那时候我听到的胡同里的演唱会，个个嘴皮子赛得过如今的郭德纲。

我对这样的吆喝声，除了《一岁货声》，在其他书中，只要是看见了,就赶忙记下来,曾经做过大量的笔记。我觉得这应该属于民间艺术的一种,是吆喝声中的高级形式,是研究老北京文化不可或缺的一种带有声音的注脚。

比如卖菜的小贩,卖韭菜的喊:"野鸡脖儿的盖韭来——"卖菠菜的喊:"火芽儿的菠菜来——"卖大白萝卜的喊:"象牙白的萝卜来,辣来换来——"小贩们不会只是单摆浮搁地喊出所要卖蔬菜的菜名,总要给所要卖的蔬菜前面加一个修饰语,就像往头上加一顶漂亮的帽子。如果只是吆喝所要卖蔬菜的菜名,也得像是侯宝林相声里说的:"茄子扁豆架冬瓜,胡萝卜卞萝卜白萝卜水萝卜带嫩秧的小萝卜……"一串连在一起的贯口,一口气地吆喝出来,宛如水银泻地。

比如卖桃的小贩,同样不会只是吆喝:"卖桃来,谁买桃来——"而是要吆喝:"玛瑙红的蜜桃耶来——""大叶白的蜜桃呀——""鹦鹉嘴的鲜桃哎——""王母娘娘的大蟠桃来——""一汪水儿的大蜜桃,酸来肉来还又换来"……

即便只是一个简单的五月鲜的嫩玉米,小贩也得这样吆喝才行:"活了秧儿的嫩来,十里香粥的热的咧——"

即便只是一个小小的甜瓜,小贩也得这样吆喝才行:"甘蔗味儿的,旱秧的,白沙蜜的,好吃来——"

即便只是很普通的马牙枣呢,小贩也得特别地吆喝说:"树熟的大红枣来——"强调他的枣绝对不是捂红的。

哪怕只是一碗豆腐脑呢,小贩也要加上一句:"宽卤的豆腐脑,热的呀——"一个"宽"字,一个"热"字,把他家的豆腐脑好的地方,言简意赅地说得既突出又恰当,吆喝得抑扬顿挫,那么地诱人。

哪怕是冬天里到处都在卖的糖葫芦呢,小贩们都会这样叫喊:"冰糖葫芦,刚蘸得的——"让你听得出"冰糖"和"刚蘸得",是他突出要的效果。

哪怕只是清一色的关东糖呢,小贩也得把自家的糖夸上一夸:"赛白玉的关东糖哟——"这夸得有点儿过分,关东糖是带有浅浅的奶黄色,哪里会赛过白玉一样的白呢?但是,他的夸张,会让你会心一笑,即使不走过去买,也会佩服他真的是能够想得出来这样的比喻,把一根稻草说成金条一样,把一块关东糖说成了汉白玉,夸得那样地溜光水滑。

再看卖的哪怕是再简单的樱桃呢,再笨拙的小贩,也会加上一个修饰词:"带把儿的樱桃来——"想到齐白石画的那些鲜艳欲滴的樱桃,哪一个不是带把儿的呢?你就得佩服这些小贩们的审美心理,是和齐白石一样的。一个"带把儿"的樱桃,就像是带露折花一样,那么地可爱起来。

我真的对这样的吆喝声充满兴趣,对这些小贩很是佩服。他们不仅将卖货声吆喝得那样悠扬悦耳,还让吆喝的词语那样耐人琢磨地有嚼劲儿。要让胡同里有了魂儿,所要求的元素有多种,不可否认的是,吆喝声是其中重要的一种。可以设想,在以往的岁月里,如果缺少了这样丰富多彩的吆喝声,胡同里只是风声雨声,倒泔水的哗哗声,老娘们儿吵架的詈骂声,该会是一种什么样的成色?该会少了多少的精神气儿?如今的老人们又会少了多少怀旧色彩的回忆?

三

这样的吆喝声,让胡同一下子色彩明亮起来,生动起来,让我想起我的童年和少年。记得那时候有打糖锣的小贩,打着小铜锣,老远就能够听见,一声声,清脆悦耳,让人心动,紧接着听见的便是他的叫唤声,更像是伸出了小手,招呼着我们一帮小孩子跑出院子,簇拥到他的担子前,听他接着唱歌一样的吆喝。我记不住他都吆喝什么了,后来看到民国时有北平俗曲《打糖锣》,里面这样唱道:

打糖锣的满街地叫唤,卖的东西听我念念:买我的酸枣儿咧,炒豆儿咧,玉米花儿咧,小麻子儿咧,冰糖子儿咧,糖瓜儿咧……纸扇子儿,沙燕儿,风琴的纸风筝儿,压腰的葫芦儿花棒儿……

我见到的打糖锣的,嘴里唱的没有那么复杂,卖的东西也没有那么多样,不过是一些我们小孩子爱玩的洋画呀玻璃弹球呀之类简单的东西。曲子里唱的那些吃的有的倒是有,至今留给我印象最深的是酸枣面,一种像黄土的东西,用手一捏就能捏成粉末,吃进嘴里,酸酸的感觉,我特别喜欢吃;也可以用来冲水,是那时我的饮料。

后来,看到清末民间艺人绘制的《北京民间风俗百图》,其中有一幅就是"打糖锣"。图中有几行小字说明:"其人小本营生,所卖者糖、枣、豆食、零星碎小玩物,以为哄幼孩之悦者也。"和我小时候见到的打糖锣的所卖的东西相差无几，看来这样的传统由来已久。画面画着打糖锣的人，身前摆着一个很大的筐，元宝形，里面是一个个的小方格子，每个格子里放着不同的零星碎小玩物。我没有见过这种元宝形的筐子，觉得挺新奇。再后来，读《清稗类钞》，说清末民初时兴这种元宝形的筐子，连卖煤球的装煤球都用这种元宝形的筐子。

我见到的打糖锣的小贩，是背着一个担子，一头一个小木箱。一个木箱里装的是这些吃的玩的，一个木箱上放着一个薄木头板做的圆圆的转盘，你花几分钱，可以转一次。转盘停下来，转盘的指针指向一个格子，这个格子里有什么东西，你就可以拿走，但是如果格子是空的，你就等于白转了。这个游戏，让我们小孩子每一次转时都瞪大了眼睛，不错眼珠儿地看着，充满期待，却总是转到空格子的时候多。是啊，小家雀儿怎么会斗得过老家贼呢！

长大以后，读泰戈尔的小说《喀布尔人》，看里面的那个来自喀布尔的小贩，每天摇晃着拨浪鼓，同样吆喝着走街串巷，是那样地辛苦，甚至为了生活而不得不背井离乡的那种心酸，和对自己小女儿思念的那种心碎，心里很是感动。想起自己小时候见过的那些打糖锣的小贩，其实和这位喀布尔人一样，都是生活在最底层的贫苦人，自有人生的苦涩与艰辛。想起曾经认为是小家雀儿怎么会斗得过老家贼，便心怀歉意。吆喝声中，含有人世间的心酸，不是小孩子能够懂得的。那些吆喝声中凄凉的声调和无尽的韵味，更是小孩子难以体会得到的。

还有卖花的吆喝声，格外悠扬好听，不过，我们不会特意跑出院子去凑热闹，一般都是大院里大姑娘小媳妇，爱去买点儿纸花或绒花，插在发髻上；要不就是一些爱莳弄花草的老人，买盆鲜花，放在自家的门前或窗台上养。后来读清诗，有这样一首绝句："颇忆前年上巳后，小椿树巷经旬栖。殿春花好压担卖，花光浮动银留犁。"诗里写的是小椿树胡同栖居买花的情景。民国时，有人作诗"一担生意万家春"，说的也是挑担卖花，可见这一传统一直延续下来。

读柴桑《京师偶记》，里面有这样一条记载："千叶榴花，其大如茶杯，园户人家摘入掷筐中，与玉簪并卖。但听于街头卖花声便耳心醉。"如此大朵的石榴花，我是没有见过的，也没有见过有这样的花卖，即便有，我们院子的大姑娘小媳妇也不会买的，因为院子里有石榴树，五月花开的时候，随便摘几朵插在头发上就行，何必再花那冤枉钱呢。不过，他说的听见街头卖花声就耳朵和心一并醉了的情景，还是让人那么向往。卖花声，大概是所有吆喝声尤其是那些带有凄凉或哀婉调子的吆喝声中一抹难得的亮色。《燕京岁时记》里说："四月花时，沿街叫卖，其韵悠扬，晨起听之，最为有味。"说的真是，确实有味。

四

吆喝声，尽管里面有不少美好的韵味在，但在时过境迁之后怀旧情绪的泛滥中，很容易被美化。毕竟吆喝声不是音乐，不是诗，是底层人为生活奔波而发出的声音，内含人生况味，和诗人笔下"小楼一夜听春雨，深巷明朝卖杏花"；和《天咫偶闻》里记载皇上八月隔墙听到吆喝声而写下的诗句"黄叶满街秋巷静，隔墙声唤卖酸梨"，并不一样。

读到很多关于吆喝声的诗句，其中有这样两首，让我心里为之一动。

一首是夏仁虎《旧京秋词》中的一句"可怜三十六饽饽，霜重风凄唤奈何"，让我感动。下面还有一句注解："夜闻卖硬面饽饽声，最凄婉。"起码这里面触摸到了吆喝声中蕴含的人生无奈与辛酸的痛点。

一首是一位不如夏仁虎出名，叫金煌的人写的《京师新乐府》中的一首《卖饽饽》："卖饽饽，携柳筐，老翁履弊衣无裳，风霜雪虐冻难耐，穷巷踽立如蚕僵。卖饽饽，深夜唤，二更人家灯火灿，三更四更睡味浓，梦中黄粱熟又半……"写那寒夜里吆喝着卖饽饽的老人凄凉的情景，让我感动。

想想那时候的胡同，无论什么时候，哪怕是数九寒天，哪怕是深更半夜，也是少不了一两声吆喝声的，就像京戏里突然响起的一两声"冷锣"，即使你是住在深宅大院里，也能够隐隐约约地传到你的耳朵里，轻轻地，却也沉沉地一震在你的心里头。在那些物资贫乏、天气又寒冷的夜晚，那吆喝声，诗意是让位于夏仁虎所说的"凄婉"和金煌所言的"难耐"的。人生中沉重的那一部分，世事苍凉的那一部分，往往弥散在夜半风寒霜重甚至雨雪飘落时这样的吆喝声中。

记得张爱玲曾经写过每天天黑时分一位卖豆腐干的老人的吆喝声。她是这样说的："他们在沉默中听着那苍老的呼声渐渐远去。这一天的光阴也跟着那呼声一同消逝了。这卖豆腐干的简直就是时间老人。"张爱玲说的是上海弄堂里的吆喝声，北京胡同里的吆喝声也是一样的，半夜里那一声声的吆喝声渐渐消失的时候，一天的光阴也就过去了。那些不管是凄清的还是昂扬的、是低沉的还是婉转的吆喝声，都是胡同里的时间老人。它们的苍老乃至消失，是见证胡同历史沧桑的时间老人。

还看到过一篇民国时期的文章，作者是一位在战争年代里被迫离开北京流落异乡的北京人，深夜里听见了同样如同时间老人一样的吆喝声，只是和张爱玲说的不同，不是卖豆腐干的吆喝声，而是卖花生的吆喝声："至于北风怒吼，冻雪打窗的冬夜，你安静地倒在厚轻的被窝里，享受温柔的幸福，似醒似睡中，听到北风里夹来一声颤颤抖抖的声音：'抓半空儿多给，落花生……'那时你的心头要有一个怎样的感觉呢？"

面对夜里的吆喝声，他的感受，和张爱玲是那样地不同。张的感受更多是客观的，冷静的，而他则是感性的，充满着感情。特别是在远离北京听不到熟悉的吆喝声的时候，这种吆喝声，更加让人怀念，更加撩人乡愁。

无论是夏仁虎笔下的卖硬面饽饽的吆喝声，还是张爱玲笔下的卖豆腐干的吆喝声，或是最后那位无名者笔下的卖半空儿的落花生的吆喝声，作为从农耕时代步入城市化初始阶段诞生的吆喝之声，听者和吆喝者的意味是不尽相同的。特别是在寒冷的深夜，在荒寂的胡同，在漂泊的乱世，那些吆喝之声，更多凄清，甚至凄凉，含有对人生无尽的感喟，也还有对世事无奈的慨叹。那是逝去的那个时代里飘荡在北京胡同上空的画外音，或是一丝无家可归的游魂。

如今，这样的吆喝声几近于无，让人们对它连同对胡同不断消失的怀念情感之中，夹带着更多的乡愁。那种画外音，只可以模拟，却不可以再生；只徒有其声，却难得其魂。

关于北京胡同的吆喝声，把它们作为一门独有的学问，真正做过一些认真系统研究的，我所知道的，只有两个人。一位是近代的蔡省吾，他的《一岁货声》，是对此梳理研究的开山之作。周作人曾称赞道："夜读抄《一岁货声》，深深感到北京生活的风趣……自有其一种丰富的温润的空气。"

一位是现代的翁偶虹。翁先生在蔡省吾的基础上，进行深入的研究和收集，所录胡同里的吆喝声多达三百六十八种，比蔡所录有的一百余种吆喝声，多出了两百种。这是非常不容易的，是对北京的胡同和与之连根生长在一起的吆喝声饱含感情，并舍得花费气力，才可以做得到的。因为这样的学问，不是高居在上，仅仅从典籍之中得来，而是要远至江湖，深入民间。一般学问家，或不屑于做，或根本做不来。

关于北京胡同的吆喝声，把它们上升为艺术的，我所知道的，也只有两个人。一位是侯宝林，一位是焦菊隐。侯宝林将以前从不登大雅之堂的胡同里的吆喝声,第一次编成了相声段子,为世人所知,并让人们惊叹吆喝声之美。焦菊隐在排演话剧《龙须沟》时,带领演员到胡同里收集那时已经日渐稀少的吆喝声,并将这些动人心弦的吆喝声运用在《龙须沟》里,和日后的《茶馆》里,让这些含有人生辛酸之味的吆喝声,不仅成为剧情幕后人物心情的衬托,同时也成了这两部京味话剧中不可缺少的京味艺术的一种演绎,成为话剧重要的画外音,成为艺术的一种可以缅怀前世、抚慰人生的动人的音乐。

蔡省吾在《一岁货声》的自序中说:"虫鸣于秋,鸟鸣于春,发其天籁。"他是将这些街头里巷的吆喝声视作天籁之声的。可以说,侯宝林和焦菊隐两位先生,深谙蔡先生其中三昧,将这种天籁之声,不止于纸面而搬到舞台,使之成为艺术的一种。可以说,这是北京独有艺术之一种。

在这篇序中,蔡省吾还说:"一岁之货声中,可以辨乡味、知勤苦、纪风土、存时令,自食于其力而益人于常行日用间者,固非浅鲜也。"

这一番话,对于一百多年后的我们,依然有着现实的意义。他道出了胡同里的吆喝声的文化内涵与情感价值,起码包括怀旧的乡愁、前辈的辛劳、风土人情和气节时令民俗的钩沉四部分。尽管随着时代大踏步的前进和胡同大量的消失,这种农耕时代诞生的吆喝之声,已经基本消失殆尽。但是,如果我们认同蔡省吾一百多年以前对吆喝之声的论述,那么,起码他所说的这四点,依然可以让我们对吆喝之声存有一份认知和情感，愿意对它们进行深入一些的研究。其意义与价值，既然"固非浅鲜也"，便会让我们像珍惜历史文化遗产一样，珍视并珍存它们。它们曾经是胡同的声音，也是历史的一种特别的回音。

社区的早晨

社区的早晨，即使酷暑，炎热如火，依然人气很旺。旁边的几个大小超市，进进出出的人最多；银行和邮局里，人也不少。在新型的社区，这些配套的服务设施都在跟前，和住宅只隔一条小马路，方便人们的日常生活。有意思的是，这几处，见到的大多是老人。只有社区大门前的马路上，不停穿行着三轮电动车和摩托车，骑车的是清早第一拨送快递的年轻人。社区的甬道上，奔跑的快递小哥，手里提着各种包裹和塑料袋，头盔下滴落着汗珠。

社区的早晨，年轻人上班之后，基本上是老人的天下。

超市里，还能见到老头儿，银行和邮局里，则绝大多数是老太太。很明显，各家的财政大权，基本掌握在老太太的手上，老头儿只是帮忙干提东西的力气活儿。当然，这样的力气活儿，不少也是老太太亲力亲为。她们嫌老头儿买的菜挑得不仔细，便自己肩背着大大的提兜，或手推着小车，奔波于超市和社区，累并快乐着。提兜和小车上露出鲜绿的菜叶、淡黄的鸡蛋和这个季节里正上市的红艳艳的鲜桃、瓜纹鲜亮的西瓜。这些丰富的色彩，跳跃在她们身旁，很快也会蹦到中午和晚上的餐桌上，迎接放学、下班回来的孩子们。这一份鲜艳的色彩滤掉了几分夏日的酷热，涂抹着美好一天里的期待。

这个社区建于新世纪初，算算有小二十年的光景了。最开始入住这里的，大多是外地来北京打拼的年轻人。他们买房的目的很明确，想安定下来，把各自的父母接过来一起住，一来尽尽孝心，二来让老人帮助照看孩子，三代同堂，一举两得。小两口或都来自外地，或一方是本地人，他们的父母，便从外地来到北京，或从北京老城住进这里。

日子如风，小二十年，就这样过去了。对于一座古城、一个社区，二十年并不算长，但是，对于人生，二十年可不算短，它占去了人生的四分之一，甚至更多。最开始住在这里的年轻人，如今也已经五十上下，不过从外表上看，还不怎么"显山露水"；老人却明显变得苍老，最年轻的也七十开外，不少已经"八张"了。

白天，社区里人很少；晚上，下了班的中年人、年轻人或放了学的孩子，在花木丛中、梧桐树下散步或跑步。而在早晨，老年人不约而同地出动了，到处能看到双鬓斑白、满脸皱纹的他们。偶尔，也能见到拄着拐杖的龙钟老者，他们不会出现在超市银行邮局里，那些繁杂的事，已经顾不过来了。风烛残年之际，他们需要操心自己的身体，活动衰老的身躯，和紧迫的时间进行顽强的抗争。

不过，大多数的老人腿脚还很利索，他们乐意出入超市、银行、邮局，觉得既办了事情，又锻炼了身体，还体现了自身的价值。社区的门前，常见到这样拎着大包小包的老人，精神饱满地相互打着招呼，让人感受到社区的生气和活力。

记得去年春末的一个早晨,从超市归来,走进社区,忽然看见一座楼前的小花园一片凋零,有些意外。这家是前几年刚搬来的,买的二手房。主人是一对年近四十的中年夫妇,一眼相中了房前的这个小花园,当下痛快出手,买下了房子。小花园面积有近二十平方米,当初只是稀稀拉拉地种着几株蔷薇。他们锄掉蔷薇,换上满满一花园的月季,还在花园四周围上一圈漂亮的矮木栏。这一切,都是请专业园林工人干的,干得确实漂亮。月季开放的时候,株株挺拔秀气,五彩斑斓,花香四溢。双休日的早晨,能看见他们夫妇俩"你挑水来我浇田"般打理月季,兴致很高。这才过去了几年,月季大多枯死,木栏也都被雨水沤烂,东倒西歪,一片狼藉。小花园以前缤纷花开的盛景,梦一样地随风而逝了。想想,也难怪,他们夫妇俩工作忙,心气远不如刚搬来时那样高涨。小花园,顾不过来了。

　　今年开春,他们家的小花园又有了生气。凋败的矮木栏全部换成了雕花铁艺围栏,很是美观。枝叶零落成泥的月季都拔掉了,地上铺了一道鹅卵石小径,蜿蜒通向他们家的露台门。小径两旁,摆着几盆天冬草和绿萝之类的绿植,小径周围有限的空地上,种了几株不高的紫薇。荒芜的小花园骤然绿意葱葱,尤其是清晨,露水打湿了鹅卵石小径,打湿了天冬草、绿萝和紫薇树叶,湿润而晶莹,连带着楼栋的四周都清新了许多。

　　一打听,原来是他们把老丈人和丈母娘从外地请了过来。这一对夫妇忙不过来,便请这一对老夫妇帮忙。小花园,交接班似的,交到了老人的手里。这一切的打理,没有像孩子那样大手大脚请什么专业工人,都是老人自己动手,一点点弄成的。有时候早晨从超市买东西回来,见这一对老夫妇在小花园里忙乎,彼此熟络起来了,便常相互打着招呼。我夸赞他们:"还得是老将出马,一个顶俩!"老爷子倒也不客气,说:"那是!家有一老是一宝嘛!"老太太在一旁咯咯地笑。

这天早晨,从超市回社区,路过楼前的这个小花园,看到园子里那几株紫薇开花了。花不开便罢,一开就开得茂盛鲜艳,紫红色的小碎花挤在一起,一簇一簇的,那么亲密,风吹过来,摇头晃脑,像是在交头接耳、兴致勃勃地说着什么。想起汪曾祺先生描写紫薇花开的文字:"一个枝子上有很多朵花。一棵树上有数不清的枝子。真是乱。乱红成阵。乱成一团。简直像一群幼儿园的孩子放开了又高又脆的小嗓子一起乱嚷嚷。"说的就是眼前紫薇花开的样子,就是他们家老少同堂忙乱又重拾烟火气旺盛的样子。

可惜,这天早晨,没见到这一对老夫妇,很想对他们说说汪曾祺老先生写的这段话。

花边饺

妈妈一辈子最爱吃的是饺子。

每逢包饺子的时候，妈妈最为得意。她一人和面、调馅儿，绝不让别人沾手。馅儿调得又香又绵，面和得不仅软硬适度，而且盆手两净。只有到包的时候，妈妈才叫上我们，让爸爸看火，我擀皮儿，弟弟送皮儿，指挥得井井有条。

小时候，靠爸爸每月几十元的工资养活一家人，生活拮据，吃饺子只有挨到逢年过节。即使不逢年节破天荒包上一回饺子，妈妈也总是要包上两种馅儿：一种素的，一种肉的。这时候，圆圆的盖帘上分两头码上不同馅儿的饺子。我和弟弟常常捣乱，把饺子弄混，让妈妈只好混在一块煮。妈妈不生气，用手指捅捅我和弟弟的小脑瓜儿说："来，妈教你们包花边饺子！"我和弟弟好奇地看，妈妈把饺子边儿用手指轻轻一捏一捏，捏出一圈穗状的花边，就像小姑娘头上戴了一圈花环，煞是好看。花边饺子给我们的童年带来乐趣，我们却不知道妈妈是耍了个小小的花招儿：她把肉馅儿的饺子都捏上了花边，让我和弟弟连看带玩儿地吞进肚里，自己和爸爸吃那些素馅儿饺子。

我大学毕业后，家里经济好转，饺子再不是什么稀罕食品。我变着花样做上满桌色香味俱佳的饭菜给妈妈吃，可妈妈总是尝几口便放下筷子。我便笑妈妈："您呀，真是享不了福！"妈妈笑笑没说话。我明白了，妈妈只喜欢吃饺子，那是她几十年来的最佳食品。我知道满足妈妈这个心愿的唯一办法就是常包饺子。每逢见我拎回肉馅儿，妈妈就立刻系上围裙，先去和面，再来调馅儿，决不让其他人沾手。那麻利劲儿，那精神劲儿，像又回到了她年轻的时候。

有一次大年初二，这一天是妈妈的生日，全家又包饺子。我要给妈妈一个意外的惊喜，我包了一个糖馅儿的饺子，放在盖帘上，然后对妈妈说："今儿个您要吃着这个糖馅儿的饺子，一准是有福，大吉大利！"妈妈连连摇头笑着说："这么一堆饺子，哪儿能那么巧就让我吃着这个饺子呢？"说着，她亲自把饺子下进滚开的锅中，饺子如一尾尾小银鱼在翻滚的水花里上下浮动。

热腾腾的饺子盛进盘，端上桌。我往妈妈的碟中先夹了三个饺子。妈妈吃第二个饺子就咬着了糖馅，惊喜地叫起来："哟，我真的吃着啦！"我笑着说："要不怎么说您有福气呢！"妈妈的眼睛笑得眯成了一条缝。

其实，妈妈的眼睛已经昏花了。她不知道我耍了一个小小的花招儿：用糖馅儿包了一个花边饺子。

这种花边饺子是妈妈教会我包的。

鲫鱼汤

有些事很难忘记。大学毕业那年暑假,我回北大荒一趟。那时,知青返乡热还没兴起,我是我们生产队乃至全农场第一个回去的知青,乡亲们都还健在,心气很高。过佳木斯,过富锦,过七星河,我赶回我曾经待过的大兴岛二队的上午,队上已经特意杀了一头猪,在两家老乡家摆出了阵势,热闹得像准备过年。

几乎全队的人都聚集在那里,等着和我一醉方休。挨个乡亲,我仔细看了一周遭,发现只有车老板大老张没有来。我问大老张哪儿去了?几乎所有人都笑了起来,七嘴八舌地叫道:喝晕过去了呗!得等着中午见了!

大老张是我们队上有名的酒鬼。一天三顿酒,一清早起来,第一件事是摸酒瓶子,赶车出工的时候,腰间别着酒葫芦,什么时候想喝,就得咪上一口。有时候,去富锦县城拉东西,回来天落黑了,他又喝多了,迷了路,幸亏老马识途,要不非陷进草甸子里,回不了家。

不过,大老张干活不惜力,他长得人高马大,一膀子力气,麦收豆收,满满一车的麦子和豆子,他都是一个人装车卸车,不需要帮手。

需要帮手的时候，他爱叫上我。因为他爱叫我给他讲故事，他最爱听"水浒"。我们俩常常为争谁坐"水浒"里的第一把交椅而掰扯不清，我说是豹子头林冲，他非要说是阮小二，因为阮小二是打鱼的，他家祖上也是打鱼的。那都是哪辈子的事了？自从他爷爷闯关东之后，他就会赶马车。

那时候，知道我和大老张关系不错，大老张老婆老找我，让我劝大老张少喝点儿。每一次劝，大老张都会说：停水停电不停酒！然后，接着雷打不动地喝。

那天午饭，我也没少喝。两户人家，屋里屋外，炕上炕下，摆了好几桌，杀猪菜尽情地招呼，乡亲们问我这个人怎么样，那个人又怎么样，一个个的知青，都关心地问了个遍。就着北大荒酒的酒劲，乡亲们的热情，一浪高过一浪。

午饭快要结束的时候，院子里传来了粗葫芦大嗓门，叫着我的名字：肖复兴在哪儿了？一听，就是大老张，这家伙，真的是等到中午才来？早晨的酒劲儿过去了，又接着中午这一顿续上了？我赶紧起身叫道：我在这儿！他已经走进了屋，大手一扬，冲我叫道：看我给你弄什么来了。我定睛一看，他手里拎着两条小鱼。那鱼很小，顶多有两寸来长。他接着对我说：一清早我就到七星河给你钓鱼去了，今天真是邪性，钓了一上午，钓到了现在，就钓上这两条小鲫瓜子！说着，他把鱼递给身边的一个妇女，嘱咐她：去给肖复兴炖汤喝，我就知道你们吃的什么都有，就是没有鱼！

有人调侃大老张：我们还以为你喝晕过去了呢！大老张很一本正

经地说：今儿我可是一滴酒还都没有喝呢，我说什么也得给咱们肖复兴钓鱼去，弄碗鱼汤喝呀！酒喝多了，鱼怎么钓？这话说得我心头一热。自从认识大老张以来，这是他第一次一上午滴酒未沾。

鲫鱼汤炖好了，端上来，只有小小的一碗。炖鱼的那个妇女说：鱼实在是太小了！大家都让我喝，说这可是大老张的一片心意！这时候，大老张已经喝多了，顾不上鲫鱼汤，只管呼呼大睡。满是胡子茬的大嘴一张一合吐着气，像鱼嘴张开吐着泡泡；浑身是七星河畔水草的气味。

什么时候，有过一个人，整整一个上午，为让你喝上一碗鱼汤，而为你专门去钓鱼？我的心里说不出地感动。单木不成林，一个地方，之所以让你怀念，让你千里万里想再回去看看，不仅仅是那个地方让你难忘，更是有人让你难忘。

我永远难忘那碗小小的鲫鱼汤，汤熬成了奶白色，放了一个红辣椒，几片香菜，色彩那样好看，味道那样鲜美。算一算，三十五年过去了，七星河还在，但是，钓鱼的人不在了。那个唯一一个上午忍着酒虫子钻心而专心坐在那里，专门为你钓鱼的人不在了。

无花果

在我们大院里，爱侍弄一些花花草草的街坊有好多，景家是其中主要的一家。景家养的花草，最为吸引人的是品种多。景家住我们中院西房中的两大间，宽敞的屋前，有一道宽敞的廊檐，他们家的花花草草，大盆小盆，都摆在廊檐下面，那廊檐简直就成了一道花廊，特别是早晨的阳光正好打在景家的窗前，花廊更显得明亮而色彩鲜艳，春天常常招惹蜜蜂蝴蝶在那里飞舞，也常常惹我们一帮孩子往景家那些花那边瞧。

有一年春天，景家的孩子送来一盆植物，我不认识是什么，长有半人多高，铺铺展展的大叶子，挺招人的。景家的花姹紫嫣红，都正开得烂烂漫漫的，唯独这盆新来的植物不开花。这让我特别好奇。我想，可能不像是桃花在春天开花。可是，都快过了夏天，它还是不开花，就像一个人咬紧嘴唇就是不说话一样。我想，它可能像菊花一样，得到秋天才开花吧？

这个想法，遭到我们大院九子的嘲笑。九子比我大两岁，高一个年级，因为他蹲班蹲过一年。那年暑假过后，他就要读四年级了，自以为比我懂得多,远远地指着景家这盆植物,对我说:知道吗?这叫无花果!不开花,只结果!

无花果,我听说过,却是第一次见到。

果然,暑假过后,景家的这盆无花果,在叶子间像藏着好多小精灵一样,开始结出了小小的圆嘟嘟的青果子,一颗颗地蹦了出来。

景家原来是个做小买卖的人家,有两个孩子,都各自成家,一个在外地,一个在北京,偶尔过来看看,我对这两个孩子都没有什么印象。景家只住着老两口,这些花花草草,就是老两口的伴儿,每天侍弄它们,给老两口找来很多的活儿,也给他们找来很多的乐儿。

景家无花果的果子越长越大,颜色由青变得有些发紫的时候,九子找到我,远远地指着景家廊檐下的无花果,问我:你吃过无花果吗?我摇摇头,然后问他:你吃过吗?他也摇摇头。那时候,住在我们大院里的,大多是穷孩子,像我,以前见都没见过,无花果是稀罕物,谁能有福气吃过呢?

你敢不敢,跟着我一起去景家摘几个无花果吃?九子这样问我,我睁大了眼睛,刚说了句:这不成偷了吗?我妈该……

九子就立刻打断我的话:就知道你不敢!胆子小得像耗子!转身就跑走了。

第二天,在大院门口,我见到九子,他很得意地对我说:可好吃了!可惜,你没有尝到,那味道,怎么说呢?特甜,还特别软,里面还有籽儿,特别有嚼劲儿,有股说不出的香味儿!

说心里话,我的心里怪痒痒的,馋虫一下子被逗了出来,望着九子发愣。

后悔了吧？让你昨天跟我一起摘，你不去！九子说着风凉话。

晚上，九子来我家，把我叫出屋，说：我还是又想无花果的味儿了，真的好吃，敢不敢跟我去景家？跟你说，天黑，他们根本看不见咱们！

要说小时候真的是馋，没有吃过的无花果，到底是什么味道呢？还真的诱惑着我。神不知，鬼不觉，我跟着九子溜到景家屋前。窗子里的灯光幽暗，廊檐下更是黑乎乎一片，偷偷摘下几颗无花果，真的是谁也发觉不了。可是，我和九子猫着腰在廊檐下转了一圈，也没有看见那盆无花果。我心里想，肯定是昨天九子没少偷摘，让景家老两口发现了，把无花果搬进屋里了。

果然，九子趴在门口，伸手招呼我，我走过去一看，无花果真的搬进屋里，正在景家客厅的地上。九子轻轻地对我说了句：门没锁，你给我看着点儿，我溜进去，给你摘两个无花果就出来。说完，他把门推开一条缝儿，像狸猫一样钻了进去，不知道碰到什么东西了，就听"哗啦"一声，惊动了景家老两口，从里屋走到客厅，拉亮了电灯。我和九子，一个在门内，一个在门外，灰溜溜地暴露在景家老两口惊讶的目光之下。那天晚上，我和九子的屁股都各自挨了家长的一顿鞋底子。

在以后好几年的时间里，尽管景家的那盆无花果越长越高，高得都换了好几次大一点儿的花盆，我却几乎都忘记了无花果。倒不是因为挨了我爸的那一顿鞋底子，让我长了教训和志气，而是毕竟我长大了，不再对花花草草的事情那么感兴趣，觉得那有些小儿科。无花果长它的，我长我自己的，仿佛像两条平行线，谁也不挨着谁。

一直到"文化大革命"爆发之后，秋天，我到南方大串联回来，九子来我家找到我，递给我几个乒乓球一样大小的圆嘟嘟的青中带紫的果子，对我说：知道这是什么吗？

我认出来了，是无花果，问他：哪儿弄来的？

他得意地说：甭问哪儿弄来的，是特意给你留的，尝尝吧！

我一口气吃了两个，软绵绵的，里面是有籽儿，但特别地小，哪里像他说的那么香，还特别有嚼劲儿？那时，我才知道，其实，九子和我一样，小时候也没吃过无花果，一直到这时候才第一次吃这玩意儿。

我不知道的是，就在我去南方大串联的时候，商家老太太带着一帮红卫兵闯进我们大院，抄了景家的家。九子跟在一帮红卫兵屁股后面浑水摸鱼。真的有些匪夷所思，他去景家，不是为了抄家，而是为了吃人家的无花果。红卫兵没有在景家抄出什么"变天账"或那时被称之为"封资修"的古董之类的东西，没有战果，一气之下，把景家廊檐里那些花花草草连同无花果都扔到院子里，说这是资产阶级的闲情逸致。花盆立刻被摔碎，已经长得很高的无花果的果子和枝叶零落一地，九子趁机揣了一口袋的无花果。

那天半夜里，我闹肚子，上吐下泻，没有办法，我爸把我送到医院看急诊。大夫问我白天吃什么东西了？我说没吃什么呀！再一想，是吃了无花果。

不知道为什么，从那以后，我只要一吃无花果，一准闹肚子。有一年，已经是过去了三十多年以后的事了，在新疆库车的集市上，看到卖无花果的，那无花果又大又甜，禁不住诱惑，吃了两个，夜里就开始上吐下泻，而且发起烧来。

后来，读美国植物学家迈克尔·波伦所著的《植物的欲望》一书。我惊讶地看到他说，植物与我们人类有一种亲密互惠的关系，我们人类自己也是植物物种的设计和欲望的对应物。这实在是大自然的神奇，也是命运对于人类惩戒的象征。

从此以后，我再也不敢吃无花果。

不知道九子还敢不敢再吃无花果。我从来没有问过他这个问题。

发小就是那把老红木椅子

发小儿，是地道的北京话，特别是后面的尾音"儿"，透着亲切的劲儿，只可意会。发小儿，指从小在一起的小学同学。但是，发小儿比起同学来说，更多了一层友谊的意思在内。也就是说，同学之间，可能只是同过学而已，没有那么多的交情可言，而发小儿是在摸爬滚打一起长大的年月中有着深厚友谊一说的。比起一般拥有友谊的朋友而言，发小儿又多了悠长时光的浸透，因为很多朋友，是没有发小儿从童年到老年一直在一起那样漫长时间的。从这一点讲，发小儿和你在一起的时间，可能会比你和父母、妻子、孩子在一起的时间还要长久。

正是因为有时间这样的维度，童年的友谊，虽然天真幼稚，却也最牢靠，如同老红木椅子，年头再老，也那么结实，耐磨耐碰，漆色总还是那么鲜亮如昨，而且，有了岁月打磨过的厚重包浆，看着亮眼，摸着光滑，使着牢靠。事过经年之后，发小儿就是那把老红木椅子。

黄德智就是我这样的一个发小儿，不能和一般的小学同学相提并论。小学同学有很多，可以称为发小儿的，只能有一位或两位。我和黄德智从小一起长大，有六十多年的友谊。小时候，他家境殷实，住处宽敞，住在前门外草厂三条一个独门独户的小四合院里，在整个一条胡同里，那是非常漂亮的一个院子，大门的门楣上有镂空带花的砖雕，大门上有一副精美的门联：林花经雨香犹在，芳草留人意自闲。虽然看不大懂，但觉得词儿很华丽。

我家住西打磨厂，离他家不远，穿过墙缝胡同就到。为了放学之后学生写作业便于监督管理，老师把就近住的学生分配到一个学习小组，我和黄德智在一个小组，学习的地方就在他家，学习小组的组长，老师就指定他当。几乎每天放学之后，我都要上他家写作业，顺便一起疯玩。天棚鱼缸石榴树，他家样样东西都足够让我新奇。我第一次有了这样的感觉，同样都是过日子，各家的日子是不一样的。

到他们家那么多次，我从来没有见过他的爸爸，可能他爸爸一直在外面忙工作吧。每一次，出来迎接我们的都是他的妈妈。他妈妈长得娇小玲珑，面容姣好，皮肤尤其白皙，像剥了壳的鸡蛋。后来，我知道了，她是旗人，当年也是个格格呢。

她没有工作，料理家里的一切。她说一口地道的北京话，很和蔼客气，看我们一帮小孩子在院子里疯跑，也没有什么不耐烦，相反，夏天的时候，还给我们酸梅汤喝。那是我第一次喝酸梅汤，是她自己熬制的，酸梅汤里放了好多桂花，上面还浮着一层碎冰碴儿，非常凉爽，好喝。

黄德智长得没有他妈妈好看,但是,和他妈妈一样白皙。和我们这些爱玩爱闹的男孩子不大一样,他好静不好动。他没有别的爱好,就是喜欢练书法,这是他从小的爱好。他家有一个老式的大书桌,大概是红木的,反正我也不认识,只觉得油漆很亮,像涂了一层油似的,即使阴天里也有反光。

那是我第一次见到书桌,因为我家只有一个饭桌,吃饭、写作业都在这个饭桌上。他家的书桌上常摆放着文房四宝,还有那么多支大小不一的毛笔悬挂在笔架上,也是我第一次见到。每一次写完作业,我们这些同学回家,可以在街上疯跑,或踢球捣蛋,或去小人书铺借书看,他不能出来,被他那个长得秀气的妈妈留在屋子里,拿起毛笔写他的书法。

在学校里,黄德智不爱说话,默默地,像一只躲在树叶后面的麻雀,不显山不露水。但他的毛笔字常常得到教我们大字课的老师的表扬,这是让他最露脸的时候,我特别为他感到骄傲。我的大字写得很一般,他曾经送过一支毛笔和一本颜真卿的字帖给我,让我照着字帖写,他对我说,他很小就开始临帖了。

有一次,在少年宫举办全区中小学生书法展览,他写的一幅书法在那里展览了。我记得很清楚,是写得很大的一幅横幅,用楷书写的六个大字:风景这边独好。展览会开幕那天,我和他一起去少年宫,其实,我不懂书法,对书法也没有什么兴趣,黄德智送我的那支毛笔和那本字帖,我根本就没有动过。但是,有黄德智的书法在那里展览，我当然要去捧场。所以，去那里，主要是看黄德智这六个楷书大字。

那天的展览，我们班上的同学一个也没有去，常到他家写作业的学习小组里的人，一个也没有去。我挺不高兴的，替黄德智愤愤不平。他却说："你来了，就挺好的了！"这话，让我听后挺感动，我知道，这就是我和他发小儿之间的友谊。

看完展览回去的路上，天上忽然下起雨来，开始雨不大，谁想不大一会儿工夫，雨越下越大，我们两人谁也不想找个地方躲雨，一直往前跑。少年宫在芦草园，靠近草厂三条南口，便都觉得离黄德智家不远了，想赶紧跑到他家再说。但是，就这样不远的路，跑到他家的时候，我们都已经被淋得浑身湿透，像落汤鸡了。

他妈妈看见我们两人狼狈的样子，忙去找来黄德智的衣服，非让我换上不可。然后，又跑到厨房去熬红糖姜汤水，热腾腾的，端上来，让我们一口不剩地喝光。

雨停了下来，我穿着黄德智的衣服走出他家的大门，黄德智送我到胡同口，我又想起了刚才喝的那碗红糖姜汤水，问他："都说红糖水是给生孩子的妈妈喝的，你妈妈怎么给咱们喝这个呀？"他笑着说："谁告诉你红糖水只能是生孩子的妈妈喝？"我们两人都忍不住咯咯地笑起来。我从来没有看到过他这样开心地笑呢。

高中毕业，我去了北大荒插队，黄德智留在北京肉联厂炸丸子，一口足有一间小屋子那么大的大锅，哪吒闹海一般翻滚着沸腾的丸子，是他每天要对付的活儿。我插队回来探亲的时候到肉联厂找他,指着这一锅丸子说:"你多美呀,天天能吃炸丸子!"他说:"美?天天闻这味儿,我都想吐。"

可是,他一直坚持练书法,始终没有放弃。

我从北大荒刚调回北京那年,跑到他家找他叙旧,他确实没有放弃,白天炸他的丸子,晚上练他的书法。没过几天,他抱着厚厚一摞书来到我家,说是送我的,我打开一看,是人民文学出版社1957年版的十卷本《鲁迅全集》。他说,路过前门旧书店看到的,想我喜欢读书,喜欢写作,就买下了。我问他多少钱,他说22元。那时候,他每月的工资才40多元,我刚要说话,他马上又对我说,接着写你的东西,别放弃!

如今,黄德智已经成为一名不错的书法家,他的作品获过不少的奖,陈列在展室里,悬挂在牌匾上,印制在画册中。前几年,黄德智乔迁新居,我去他新家为他稳居。奇怪的是在他的房间里没有看见他的一幅书法作品,我问他,他说觉得自己的字还不行。他的作品一包包卷起来都打成捆,从柜子的顶部一直挤满到了房顶。他打开他的柜子,所有的柜门里挤满了他用过的毛笔。打开一个个盛放毛笔的盒子,一支支用秃的笔堆在一起,如同一座小山。他说起那些笔里面的沧桑,胜似他的作品,就如同树下的根,比不上枝头的花叶漂亮,却是树的生命所系,盘根错节着日子的回忆。其中一段,属于我和他的小学回忆。

一个人，经历了人生种种，会有很多回忆，但发小儿这一段回忆，无与伦比。我说过，发小儿就是那把老红木椅子。一个人，如果老了之后，还能和一个或几个发小儿保持联系，是极其难得的。哪怕你老得走不动道了，有发小儿在，你就有了一把这样结实可靠的老红木椅子，可以安心舒心地靠靠，聊聊天，品品茶，还可以品出人生别样的滋味。

辑二 ——一闲愁，一痛快，小事一生——

少年护城河

在我童年住的大院里,我和大华曾经是"死对头"。原因其实很简单,大华倒霉就倒霉在他是个"私生子",他一直跟着他小姑过,谁都没有见过他爸爸,他自己也没见过。这一点,是公开的秘密,全院里的大人孩子都知道。

当时,学校里流行唱一首叫《我是一个黑孩子》的歌,其中有这样一句歌词:"我是一个黑孩子,我的家在黑非洲。"我给改了词儿:"我是一个黑孩子,我的家不知在何处……"这里黑孩子的"黑",不是黑人的"黑",而是找不着主儿即"私生子"的意思,我故意唱给大华听,很快就传开了,全院的孩子见到大华,都齐声唱这句词。现在想想,小孩子的是非好恶,就是这样简单,又是这样偏颇,真是欺负人家大华。

大华比我高两年级,那时上小学五年级,长得很壮,论打架,我是打不过他的。之所以敢这样有恃无恐地欺负他,是因为他的小姑脾气很烈,管他很严,如果知道他在外面和哪个孩子打架了,不问青红皂白,总是要让他先从他家的掸瓶里取出鸡毛掸子,然后,撅着屁股,结结实实挨一顿揍。

我和大华唯一一次动手打架,是在一天放学之后。因为被老师留下训话,出校门时天已经黑了。从学校到我们大院,要经过一条胡同,胡同里有一块刻着"泰山石敢当"的大石碑。由于胡同里没有路灯,漆黑一片,经过那块石碑的时候,突然从后面蹿出一个人影,饿虎扑食一般,就把我按倒在地上,然后,一通拳头如雨,打得我鼻肿眼青,鼻子流出了血。等我从地上爬起来,人影早没有了。但我知道除了大华,不会有别人。

我们两人之间的"仇",因为一句歌词,也因为这一场架,算是打上了一个"死结"。从那以后,我们彼此再也不说话,即使迎面走过,也像不认识一样,擦肩而过。

没有想到,第二年,也就是大华小学毕业升入中学那一年夏天,我的母亲突然去世了。父亲回老家沧县给我找了个"后妈"。一下子,全院的形势发生了逆转,原来跟着我一起冲着大华唱"我是一个黑孩子,我的家不知在何处"的孩子们,开始齐刷刷地对我唱起他们新改编的歌谣:"小白菜呀,地里黄哟;有个孩子,没有娘哟……"

我发现,唯一没有对我唱这个歌的,竟然是大华。这一发现,让我有些吃惊,想起一年多前,我带着一帮孩子,冲着他大唱"我是一个黑孩子,我的家不知在何处",心里有些愧疚,觉得那时候太不懂事,太对不起他。

我很想和他说话,不提过去的事,只是聊聊乒乓球,说说刚刚夺得世界冠军的庄则栋就好。好几次,碰到一起了,却还是开不了口。

再次擦肩而过的时候,我看见他的眉毛往上挑了挑,嘴唇动了动,我猜得出,他也开不了这口。或许,只要我们两人谁先开口,一下子就冰释前嫌了。小时候,自尊的脸皮,就是那样薄。

一直到我上了中学,和他一所学校,参加了学校的游泳队,一周有两次训练,由于他比我高两年级,老师指派他教我总也学不规范的仰泳动作,我们才第一次开口说话。这一说话,就像开了闸的水,止不住地往下流,从当时的游泳健将穆祥雄,到毛主席畅游长江。过去那点儿过节,就像沙子被水冲得无影无踪,我们一下子成了无话不说的好朋友。童年的心思,有时窄小如韭菜叶,有时又是这样没心没肺,把什么都抛到脑后。只是,我们都小心翼翼地,谁也不去碰过去的事,谁也不去提"私生子"或"后妈"这令人厌烦的词眼儿。

大华上高一那年春天,他的小姑突然病故,他的生母从山西赶来,要带着他回山西。那天放学回家,刚看见他的生母,他扭头就跑,一直跑到护城河边。那时,穿过北深沟胡同就到了护城河,很近的道。他的生母,还有大院好多人都跑了过去,却只看见河边上大华的书包和一双"白力士鞋",不见他的人影。大家沿河喊他的名字,一直喊到了晚上,也没有见他的人影。街坊们劝大华的生母,兴许孩子早回家了,你也回去吧。大华的生母回家了,但还是没见大华的人影。大华的生母一下子就哭了起来,大家也都以为大华是投河自尽了。

我不信。我知道大华的水性很好,他要是真的想不开,也不会选择投水。夜里,我一个人又跑到护城河边,河水很平静,没有一点儿波纹。我在河边站了很久,突然,我憋足了一口气,双手在嘴边围成一个喇叭，冲着河水大喊了一声："大华！"没有任何反应。我又喊了第二声："大华！"只有我自己的回声。心里悄悄想，事不过三，我再喊一声，大华，你可一定得出来呀！我第三声大华落了地，依然没有回应，一下子透心凉，我一屁股坐在地上，再也忍不住哇哇地哭了。

就在这时候，河水有了"哗哗"的响声，一个人影已经游到了河中心，笔直地向我游来。我一眼看出来，是大华！

我知道，我们的友情，从这时候才是真正的开始。一直到现在，只要我们彼此谁有点儿什么事情，不用开口，就像真的有什么心灵感应，有仙人指路一样，保证对方会在第一时间出现在面前。别人都会觉得过于神奇，我们两人都相信，这不是什么神奇，是真实的存在。这个真实就是友情。罗曼·罗兰曾经讲过，人的一辈子不会有那么多所谓的朋友，但真正的朋友，一个就足够。

年轻时应该去远方

寒假的时候，儿子从美国发来一封电子邮件，告诉我利用这个假期，他要开车从他所在的北方出发到南方去，并画出了一共要穿越十一个州的路线图。出发后的第三天，他在得克萨斯州的首府奥斯汀打来电话，兴奋地对我说这里有写过《最后一片叶子》的作家欧·亨利的博物馆，而在昨天经过孟菲斯城时，他参谒了摇滚歌星猫王的故居。

我羡慕他，也支持他，年轻时就应该去远方漂泊。漂泊，会让他见识到他没有见到过的东西，让他的人生半径像水一样蔓延得更宽更远。

我想起有一年初春的深夜，我独自一人在西柏林火车站等候换乘的火车，寂静的站台上只有寥落的几个候车的人，其中一个像是中国人，我走过去一问，果然是，他是来接人的。我们闲谈起来，知道了他是从天津大学毕业到这里学电子的留学生。他说了这样的一句话，虽然已经过去了十多年，我依然记忆犹新："我刚到柏林的时候，兜里只剩下了十美元。"就是怀揣着仅仅的十美元，他也敢于出来闯荡，我猜想得到他为此所付出的代价，异国他乡，举目无亲，风餐露宿，漂泊是他的命运，也成为他的性格。

我也想起我自己，比儿子还要小的年纪，驱车北上，跑到了北大荒。自然吃了不少的苦，北大荒的"大烟泡儿"一刮，就先给我了一个下马威，天寒地冻，路远心迷，仿佛已经到了天外，漂泊的心如同断线的风筝，不知会飘落在哪里。但是，它让我见识到了那么多的痛苦与残酷的同时，也让我触摸到了那么多美好的乡情与故人，而这一切不仅谱就了我当初青春的谱线，也成为我今天难忘的回忆。

没错，年轻时心不安分，不知天高地厚，想入非非，把远方想象得那样好，才敢于外出漂泊。而漂泊不是旅游，肯定是要付出代价的，品尝人生的一些滋味，也绝不是如同冬天坐在暖烘烘的星巴克里啜饮咖啡。但是，也只有年轻时才有可能去漂泊。漂泊，需要勇气，也需要年轻的身体和想象力，如此便收获了只有在年轻时才能够拥有的收获，以及以后你年老时的回忆。人的一生，如果真的有什么事情叫作无愧无悔的话，在我看来，就是你的童年有游戏的欢乐，你的青春有漂泊的经历，你的老年有难忘的回忆。

一辈子总是待在舒适的温室里，再是宝鼎香浮、锦衣玉食，也会弱不禁风，消化不良的；一辈子总是离不开家的一步之遥，再是严父慈母、娇妻美妾，也会目光短浅，膝软面薄的。青春时节，更不应该让自己的心锚一样过早地沉入窄小而琐碎的泥沼里，沉船一样跌倒在温柔之乡，在网络的虚拟中和在甜蜜蜜的小巢中，酿造自己龙须面一样细腻而细长的日子，消耗着自己的生命，让自己未老先衰变成了一只蜗牛,只能够在雨后的瞬间从沉重的躯壳里探出头来,望一眼灰蒙蒙的天空,便以为天空只是那样大,那样脏兮兮。

青春,就应该像是春天里的蒲公英,即使力气单薄、个头又小,还没有能力长出飞天的翅膀,借着风力也要吹向远方;哪怕是飘落在你所不知道的地方,也要去闯一闯未开垦的处女地。这样,你才会知道世界不再只是一扇好看的玻璃窗,你才会看见眼前不再只是一堵堵心的墙。你也才能够品味出,日子不再只是白日里没完没了的堵车、夜晚时没完没了的电视剧和家里不断升级的鸡吵鹅叫、单位里波澜不惊的明争暗斗。

意大利尽人皆知的探险家马可·波罗,十七岁就曾经随其父亲和叔叔远行到小亚细亚,二十一岁独自一人游历整个中国。英国著名的航海家库克船长,二十一岁在北海的航程中第一次实现了他野心勃勃的漂泊梦。奥地利的音乐家舒伯特,二十岁那年离开家乡,开始了他维也纳的贫寒的艺术漂泊。我国的徐霞客,二十二岁开始了他历尽艰险的漂泊,行万里路,读万卷书……当然,我还可以举出如今被称为"北漂一族"——那些生活在北京农村简陋住所的人,也都是在年轻的时候开始了他们的最初的漂泊。年轻,就是漂泊的资本,是漂泊的通行证,是漂泊的护身符。而漂泊,则是年轻的梦的张扬,是年轻的心的开放,是年轻的处女作的书写。因此,哪怕那漂泊是如同舒伯特的《冬之旅》一样,茫茫一片,天地悠悠,前无来路,后无归途,铺就着未曾料到的艰辛与磨难,也是值得去尝试一下的。

我想起泰戈尔在《新月集》里写过的诗句:"只要他肯把他的船

借给我，我就给它安装一百只桨，扬起五个或六个或七个布帆来。我决不把它驾驶到愚蠢的市场上去……我将带我的朋友阿细和我做伴。我们要快快乐乐地航行于仙人世界里的七个大海和十三条河道。我将在绝早的晨光里张帆航行。中午，你正在池塘洗澡的时候，我们将在一个陌生的国王的国土上了。"那么，就把自己放逐一次吧，就借来别人的船张帆出发吧，就别到愚蠢的市场去，而先去漂泊远航吧。只有年轻时去远方漂泊，才会拥有这样充满泰戈尔童话般的经历和收获，那不仅是他书写在心灵中的诗句，也是你镌刻在生命里的年轮。

2004 年初于北京

小事一生

那天刮大风，很冷，快递小哥登门送快件，我刚开门，他把快件递我手里，只说了声风太大，立刻把门替我关上。他的这个举动，我没有想到，心里一下子很暖，赶紧打开门，已不见人影。冲着空荡荡的楼道，我还是大喊了一句：谢谢你啊！没有回音，只有风撕打着楼道的窗户，呼呼作响。

又一天，我去面包店，常到这家店来，办了张优惠卡，每次买面包，只要报出我的姓和手机号，电脑里就可以查到，很方便。卖面包的是个年轻姑娘，皮肤黝黑，一双眼睛又大又亮。大概我粗葫芦大嗓门，刚报出手机号的前几位数，她立刻伸出一只手指按在嘴唇上，对我轻轻"嘘——"了一声，然后，扭过脸，示意我看看周围有很多顾客。是担心别人听到，好心替我着想呢。看我放低了声音，她冲我调皮地嫣然一笑。

不知为什么，一连紧跟着这两件小事，打动了我，让我难忘，轻雾淡烟一般，总在心头盘桓。不由自主，想起很多这样类似的小事。

小时候，同仁堂制药车间，离我们大院很近，不知谁听说那里收购土鳖，一个卖两分钱。那时候，两分钱可以买一支铅笔、一块橡皮，或文化宫公园的一张门票。如果捉到两个半土鳖，就是五分钱，能看一场电影呢。晚上，我们一帮孩子满院子绕着墙根儿捉土鳖。土鳖是一种黑乎乎的虫子，愿意在晚上潮湿的墙根、墙缝出动。我实在太笨，一连几个晚上，没捉到一个土鳖。看到别人捉到好多，心里很难受，自尊心备受打击。院子里的土鳖被捉得差不多了，大家就跑到护城河边的老城墙下，我也跟着跑了去。可是，整整一个晚上，我依然一个土鳖都没有捉到。灰溜溜地走在回家的路上，一个大哥哥走过来，悄悄地把他瓶子里的土鳖，倒进我空荡荡的瓶子里几个。

我确实挺笨的，一直到高三，才学会骑自行车。刚学会骑车，穿过一条胡同上学，把一个正在玩的孩子撞倒了。赶紧下车看，孩子的裤子撕开一道大口子。只好把吓哭的孩子送回家，找到他妈妈，听凭发落。谁想到这位大嫂连声对我说：小孩子街上瞎跑总惹祸，没事的，我家有缝纫机，待会儿把裤子轧轧就好了。说着，她麻利儿地扒下孩子的裤子，扬扬手，说：你快上学去吧！

从北大荒回到北京当老师，父亲刚去世，欠了一屁股债，我和母亲相依为命，日子过得拮据。不知校长怎么知道了，每年春节前补助我30元生活费。那时候，我每月工资42元半，30元不是个小数目。四年以后，我在报纸上发表了一篇两千字的散文，得稿费6元。这是我的第一笔稿费，消息传到学校。从来没有和我说过话的校长找到我，对我说：今年补助费又该发了，有老师反映说你有稿费了。我们研究了一下，今年的补助就给你一半吧！我谢了他，临出门的时候，他笑笑对我说：6块钱，稿费也太少！

母亲病后，我订了一瓶牛奶，母亲嫌有膻味儿，不爱喝，我软磨硬泡，天天逼她喝。牛奶，要每天傍晚到街对面的一家副食店里去取。牛奶按照订户定量送到小店；每户人手里有一个奶证，上面印着一个月的日子，每天取一次奶，店里的售货员用圆珠笔在那天的日子上画个对钩。天天拿着空奶瓶去还瓶取奶，和售货员很熟悉，她是个胖乎乎的姑娘，有一天，因为下班后临时开会回家晚了，早过了小店打烊的点儿。我还是抱着一线希望，走到小店门前。门没关，虚掩着，轻轻推开门，屋里亮着盏灯，微弱的灯光下，胖姑娘站起身来，笑着对我说道：您终于来了！我还以为我今儿得打夜班了呢！

那年，我刚搬进小区没几天，突然血压升高，头晕得爬不起来，赶紧打了120。生怕救护车不好找我家的楼门，老伴跑到小区门口，告诉门卫等救护车来时告诉怎么走。救护车来了，很顺利来到我家。老伴告诉我，几位保安从小区门口到单元楼口，一直到我家门口，接力一般，将救护人员带进家门。事后，我谢他们，他们却说：这是小事，病是大事！

那天，我从同仁医院出来，想找网约车回家，但不会在手机上操作。医院门前人很多，找不到人帮忙。我走到旁边的新侨饭店，看见一个门童正在指挥进出的车辆，便走到他的面前，请他帮忙。他接过我的手机，三下两下就解决了问题，不一会儿网约车就来了。第二天，我又去同仁医院，出来后轻车熟路，又来到新侨饭店，真巧，昨天见到的那位门童，还站在那里指挥车辆。我又走到他面前，请他帮忙，他依然不厌其烦，帮我解决问题。我谢了他，说：两天总来麻烦你！他笑了，那样腼腆。

前几年，在广州，下了出租车，过马路往宾馆走，没留神马路牙子前面有个台阶，一脚踩空，结结实实摔了个大马趴，手里的矿泉水瓶甩出老远，一下头晕目眩，没敢立刻爬起来，只见各式的鞋子来来去去在眼前晃动，没有一个人管我。一直到有个声音传来：你没事吧？抬起头来，见一位老太太弯着腰问我。我对她说：谢谢您，没事！她扶我站起身来，我看见，不远处，一位老爷子捡起矿泉水瓶，正蹒跚向我走来。

也是前几年，在美国布卢明顿小城一个叫海伦的社区看孙子。听说社区里有个儿童游乐场，便带他去玩。社区很大，房子建得七零八落，小路纵横，树木繁多，归家时想到别处转转，迷了路，越走越迷糊。正东张西望无所措手足，一辆小汽车迎面开来，我招手，车停了下来，开车的是位中年白人男子。我用拙劣的英语问路，却记不清家的具体门牌号，只好请他带我们到儿童游乐场，从那里我认识归家的路。他让我和孩子上车，开到游乐场，下了车，谢过他，我带着孩子朝前走，走到家门前时，才发现他开着车一直慢慢地跟在我们身后，生怕我再次迷路。我向他挥手致谢，他挥挥手，加大油门，绝尘远去。

像演电影一样，一幕幕浮现在眼前，从小到老，转眼就快一辈子了。一辈子，所经历的，所难忘的，真正能让你心里一动的，都是这样一件件的小事。也许，我们凡夫俗子的人生，就是由一件件小事构成的。这个世界，即便有再大的事，无论好事，还是坏事，也都是用小事渐渐积累形成，所谓我们的古语：不积跬步无以至千里。所谓洋人的俗语：罗马城不是一天建成的。这就像人——万物之灵长，也是由一个个细胞构成的一样。没有这样一件件小事，我们的人生就是一只褪光毛的白斩鸡。

忽然想起法国音乐家德彪西的一桩逸事。小时候，家人给他们几个孩子钱去买早点，别人都买大个的东西吃，唯独德彪西买小的。别人问他为什么，德彪西说：大的让我恶心。尽管他说得有些绝对，他确实一辈子恪守对小的偏爱与尊重，他创作的绝大多数作品是小作品，没有一部那个时期最辉煌、最热门的交响乐。

在崇尚宏大叙事或豪华场面乃至好大喜功的价值观面前，小是常常容易被忽视，被不屑一顾，甚至有意无意被踩在滋泥里的。在露珠和珍珠面前，我们容易选择珍珠；在草萤和火焰面前，我们容易倾向火焰。但是，露珠非珠，却自有一番难得的湿润；草萤非火，却自有一番独有的光亮。能够湿润我们业已粗糙的情感的，常常不是价值连城的珍珠，而是清晨打湿我们衣襟的露珠；能够温暖我们冰冷内心的，常常不是小说和电影《简·爱》里制造出来的桑菲尔德那场大火，而是夜晚曾经点亮遥远地平线的那星星点点的萤火。

想想这一辈子曾经湿润并温暖过我的那些小事：大哥哥倒进空瓶子里的土鳖、大嫂扬起手里的那条裤子、老校长和我唯一说过的那一次话，还有胖姑娘、保安、广州的老太太和老爷子、海伦社区开车的中年男人，以及这两天遇见的快递小哥和卖面包的姑娘……

我就在心里问自己：如果没有这样一件件的小事，你的一生还有什么值得回忆的吗？能够给予你温暖而难忘回忆的，就是这样一件件的小事，这样一个个普通人，甚至是陌生人。布罗茨基曾经说："人究其本质而言，就是我们对他们的记忆。"在我的理解，这里说的"他们"，包括这样的人，也包括这样的事。没有事，就没有人，哪怕这些事再小，再微不足道，再寻常不过。

于是，我默默在心里一次又一次对自己说：勿以善小而不为。小，是值得珍惜，值得修为的。

2023年12月10日于北京

人生除以七

看罢英国导演迈克尔·艾普特的电视纪录片 *56UP* 之后，心里不大平静。这部纪录片，拍摄了来自伦敦的精英、中产和底层三种不同阶层的十四个人，自七岁开始，一直到五十六岁的生活之路。导演每隔七年拍摄一次，看他们的变化。七个七年之后，这些人五十六岁了，这么快就从童年进入了老年。一百五十分钟的电视，演绎了人生大半，逝者如斯，真的让人感喟。

我不想谈论这部纪录片所要表达的主旨。让我感兴趣的是，它选择了将人生除以七的方式来演绎并解读人生。为什么不是别的数字，比如五或六，而偏偏是七？不管有什么样对数字特别膜拜的深意或禅意，乃至宗教的意义，七，可以是一个很好的选择，让我也来一回这样的选择，将自己已经走过的岁月人生除以七，看看有什么样的变化。

不从七岁而从五岁开始吧。因为，那一年，我的母亲去世，我人生的记忆也就是从那时开始。记忆中那一年，夏天，院子里的老槐树洒落一地槐花如雪，我穿着一双新买的白力士鞋，算是为母亲穿孝。母亲长什么样子，一点印象也没有了，只记得姐姐带着我和两岁的弟弟一起到劝业场的照相馆照了一张全身合影，特意照上了白力士鞋，便独自一人到了内蒙古修铁路。那一年，姐姐十七岁。

七年之后，我十二岁，读小学五年级。第一次用节省下来的早点钱，买了我人生的第一本书，是本杂志——《少年文艺》，一角七分钱。读到我人生的第一篇小说，是美国作家马尔兹写的《马戏团来到了镇上》。那是马戏团第一次来到那个偏僻的小镇。那两个来自农村的小兄弟，没有钱买入场券，帮助马戏团把道具座椅搬进场地，换来了两张入场券。坐在场地里，好不容易等到第一个节目小丑刚出场，小哥俩累得睡着了。这个故事给我的印象那样深刻，小说里的小哥俩，让我想起了我和我的弟弟，也让我迷上了文学。我开始偷偷地写我们小哥俩的故事。

十九岁那一年的春天，我高中毕业，报考中央戏剧学院，初复试都通过，录取通知书也提前到达了。大学之门被命运之手关闭，两年后，我去了北大荒，把那张夹在印有中央戏剧学院红色大字的信封里的录取通知书撕掉了。

二十六岁，我在北京郊区当一名中学老师。那时我已经回到北京一年。是因为父亲突然脑出血去世，家中只剩下老母亲一人，才被允许回京的。熬过了近一年待业的时间，才得到教师这个职位的。和父亲一样，我也得了高血压，医生开了工作半天的假条。每天下午，我骑着自行车回家，写我的第一部长篇小说，取名叫《希望》。在那没有希望的年头，小说的名字像恶作剧一样，有一丝隐喻的色彩。

三十三岁，我"二进宫"进中央戏剧学院读二年级。那一年，我的孩子一岁了。孩子出生的那一年，我在南京为《雨花》杂志修改我的一篇报告文学，那将是我发表的第一篇报告文学。我从南京回到家的第二天，孩子呱呱坠地。

四十岁，不惑之年。有意思的是，那一年，上海《文汇月刊》杂志封面要刊登我的照片，电报要求立刻找人拍照寄去。我下楼找同事借来一台专业照相机，带着儿子来到地坛公园，让儿子帮我照了照片，勉强寄去用了。那时，儿子八岁，小手还拿不稳相机。照片晃晃悠悠的。

四十七岁，我调到了《小说选刊》杂志社。从大学毕业之后，我从大学老师到《新体育》杂志当记者，几经颠簸，终于来到中国作协这个向往已久的地方，以为是文学的殿堂。前辈作家艾芜和叶圣陶的孩子，却都劝我三思而行，说那里是名利场，是是非之地。

五十四岁，新世纪到来。我自己却乏善可陈。两年之后，儿子去美国读书，先在威斯康星大学读硕士，后到芝加哥大学读博士，都有奖学金，是他的骄傲，也是我的虚荣。

六十一岁，大年初二，突然的车祸，摔断脊椎，我躺在天坛医院整整半年。家人朋友和同事都说是大难不死，必有后福。我相信他们说的，我相信命运。福祸相依，我想起在叶圣陶先生家中曾经看过的先生隶书写的那副对联：得失塞翁马，襟怀孺子牛。

六十八岁，正好是今年。此刻，我正在美国印第安纳大学旁边儿子的房子里小住，两个孙子已经相继出世，一个两岁半，一个就要五岁，生命的轮回，让我想起儿子的小时候，却怎么也想不起自己的小时候是不是也是这样子。

人生除以七，竟然这么快就将人生这一本大书翻了过去。*56UP*中有一个叫贾姬的女人说："尽管自己是一本不怎么好看的书，但是已经打开了，就得读下去，读着读着，也就读下去了。"人生除以七，在生命的切割中，让人容易看到人生的速度，感受到时间的重量。流水带走光阴的故事，改变了一个人。漫漫人生路，能够有意识地除以七，听听自己，也听听光阴的脚步，看看自己，也看看历史的轨迹，是件有意思的事情。

放翁优雅自画像

晚年放翁的日子，过得并不那么舒心，北望中原，王师之梦未竟，又多病在身，甚至缺吃少穿。但是，放翁却过得比一般人都要潇洒、优雅。这和他面对人生和生活的态度相关。放翁晚年诗作，就是这样人生与生活的真切写照。读放翁晚年诗，非常有意思，即使已经过去了八百多年，依然可以镜鉴，让人思味。

对于年轻时候曾经"三万里河东入海，五千仞岳上摩天"之类的功名追逐，这时候，他说"薄技雕虫尔，虚名画饼如"，这是他的清醒；他说"试看大醉称贤相，始信常醒是鄙夫"，这是他的自嘲。以往再如何风光，到了晚年，洗尽铅华，都是平常人一个。心态的平衡，将曾经有过辉煌的自己，归于鄙夫而非贤相或名士，是优雅姿态的思想支持。

对于人老之后身体渐多的疾病，放翁有一首《示村医》："玉函肘后了无功，每寓奇方啸傲中。衫袖翫橙清鼻观，枕囊贮菊愈头风。"前半联说的是他不信那些奇方妙方。他还有一句"屏除金鼎药，糠秕玉函方"，是他对于名贵药方的一贯态度。后一联是他对于头痛鼻塞这样的小病一种轻松和放松的态度。他还说"养生妙理本平平,未可常谈笑老生"。他不像我们将养生学置于老年那么显著的位置而须臾不肯离开。将生老病死看淡看轻看透,是优雅生活的心理依托。

对于饮食起居,他的态度更是一种放松。这种放松,是先将欲望稀释清淡,再加随遇而安。对于住房,他没有我们今天人们越来越大的居住面积的需求与占有的渴望,他只求茅屋可住,说是"茅屋三间已太宽","故应高卧有余欢"。对于穿戴,他喜欢粗布,说是"溪柴胜炽炭,黎布敌纯绵"。对于饮食,他崇尚喝粥,说是"熊蹯驼峰美不如"。他写过一首《菜羹》的小诗,"地炉篝火煮菜香,舌端未享鼻先尝",一副自足自乐老头儿乐的样子。

当然,他不是什么时候都只是以喝粥为标榜,遇到美食美味,他也兴奋异常:"蟹束寒蒲大盈尺,鲈穿细柳重兼斤。"遇到肥鱼和大闸蟹,他一样不客气。而且,他还喜欢喝酒,他写有一首诗:"社日淋漓酒满衣,黄鸡正嫩白鹅肥。弟兄相顾无涯喜,扶得吾翁烂醉归。"这便是一种放松的态度,不是我们现在常见的老年人过于讲究的养生,这不能吃,那不能喝,把自己拘束在一种贪生怕死的可怜境地。重要的是,对于日常起居日子期望值降低,其实就是对生活欲望的降低。欲望,可以助人生奋争进取,也可以泄人生渐失真正的乐趣与真谛,而陷入欲望编织的各种华丽的罗网。欲望的消解,是优雅生活的价值标准的重新调适。

作为普通人,饮食男女,我们谁都要面对这样日复一日庸常的生活。而且,随着儿女长大成人,远离了我们,我们面对的不仅是日子的庸常，还有日子的寂寞孤独。如何让这样庸常琐碎寂寞孤独的日子，过得有点儿意思，进而能够稍稍优雅，放翁的做法值得借鉴。

"团团箬笠偏宜雨，策策芒鞋不怕泥。"不怕的不仅是风雨泥水，更是不怕箬笠芒鞋布衣被人乃至被自己也瞧不起的普通庸常，这是对于生活一种达观的态度。

"敲门赊酒常酣醉，举网无鱼亦浩歌。"如此潇洒，也许我们一般人，很难做到，或者觉得没有捕到鱼还傻呵呵在那儿浩歌，有点阿Q。不过，这也是放翁对于不如意生活一种旷达的表示。我们谁都曾经有过这样那样的不如意，学一点儿放翁这样的旷达，也许能够在不如意面前尽可能不失态，尽可能多少保持一点儿优雅。

放翁晚年，常有他逛附近小市村店或小担过门而即兴写下的诗句，写得那么平常，那么随意，那么像如今我们的生活。我非常喜欢放翁这样接地气的诗句。"市桥压担纯丝滑，村店堆盘豆荚肥""邻家人喜添新犊，小市奴归得早蔬""小担过门尝冷粉，微风解箨看新篁"，写得真的是好，这里的奴，可不是奴隶，是仆人之谓，就是如今的保姆。小市带露的早蔬，小担送上门的凉粉，配以邻居新添的小牛犊，随微风冒出的新竹做背景，是一幅多么清新而富有生气的画面，市井、家常、烟火气，又富有诗意。难怪放翁要说"小市莺花时痛饮，故宫禾黍亦闲愁"，就是皇宫也难比呢。一闲愁，一痛快，这便是放翁的优雅了，即便是庸常琐碎的日子，也可以过出属于自己的优雅来。

当然，作为读书人，放翁的优雅，更在于读书。他写读书的诗句颇多，"插架图书娱晚暮，满滩鸥鹭伴清闲""暮年于书更多味""醉里心宽梦里闲"，这是他暮年真实的生活场景和内心的写照。即使人老眼花再如何，他说"岂知鹤发残年叟，犹读蝇头细字书"。他强调和讲究的，是读书之味和心境之闲，只有闲，才能读书读出味道；读出了味道，才能让自己的心境放松。这里的闲，就是静，面对物欲翻腾市声喧嚣而能独守的一份心静气定。这是书独能给予他的。所谓闲或说静，是优雅的一种表现形式和气韵。

放翁还有这样一句诗，特别有意思："独居漫受书狐媚。"孤独一人，书对于他有一种狐媚之感，实在是少有的比喻，是日后清时《聊斋》里读书人才有的迷离的感觉。这种狐媚，对于年轻人可以理解，对于已经年过八十的放翁，真的很奇特，让我想起美国作家乔·昆南在《大书特书》一书说"书是我的情人"的比喻。

独居漫受书狐媚，不仅是一个好的比喻，更是一种好的状态和心态，是放翁为我们画出了一幅格外优雅别致的自画像。

2021年6月21日夏至改毕于北京

生命的平衡

不知道你相信不相信，无论什么样的生命，在短促或漫长的人生中都需要平衡，并且都会在最终得到平衡的。漂亮的白雪公主自然有其漂亮面庞的如意，却也有后母的嫉妒、派人追杀，以及毒梳子和毒苹果危险等的不如意；不漂亮的灰姑娘自然有其悲惨的种种命运，却也有其终成正果的美好回报。眼睛瞎了，意大利的安德烈·切波利，却成了著名的盲人歌唱家；腿残疾了，爱尔兰的克里斯蒂·布朗，却用唯一能够活动的左脚敲打键盘，成了著名的作家。个子高的，如姚明，自然成就了他的事业，他可以到美国的 NBA 去打篮球，风光无限；个子矮的，就一定不如个子高的吗？拿破仑，按现在的标准大概得是二级残废了，却不妨碍他成为盖世的英雄。

这就像《红楼梦》里所说的：大有大的难处，小有小的好处。比如《伊索寓言》里所讲的：高高的长颈鹿可以吃得着高高树枝上的叶子，却没办法走进院子里矮小的门；矮矮的山羊吃不着高高树枝上的叶子，却轻而易举地走进了矮小的门。

懂得了生命中的这一点意义，不仅是让我们不必为我们自身的长处而骄傲，不必为我们自身的短处而悲观；也不仅是让我们知道拥有再多，总会有失去的时候，失去的再多，总会得到补偿的机会。更重要的是，让我们充分去体味到，生命其实是一条流淌的河，乱石穿空，惊涛拍岸，卷起千堆雪，是生命中的一种情景；潮平两岸阔，风正一帆悬，也是生命的一种情景。一条河在流淌的过程中，不可能总是前一种风景，也不可能总是后一种风景，它要在总体流量的平衡中才会向前流淌，一直流入大江大海。因此，我们不必去顾此失彼，我们不必去刻意追求某一点，从而在这样生命的平衡中，让我们的心态更加从容，让我们的生活更加平和，让我们的人生更加是一幅舒展的画卷。

今年我来土耳其，遇见当今被称为土耳其首富的萨班哲先生。说萨班哲先生是土耳其的首富，并不虚传，并不夸张，在大街上所有跑的丰田汽车，都是他家生产；凡是有蓝底白字 SA 字母牌子的地方，都是他家的产业；凡是有蓝底白字 SA 字母商标的东西，都是他家的产品。在土耳其，SA 的标志，触目皆是；萨班哲的名字，家喻户晓。

如此富有的人，却也有命运不济的地方，他的两个孩子，一个儿子，一个女儿，都是残疾智障者。命运，就是这样和他开着残酷的玩笑。他却以为这其实就是生命给予他的一种平衡，而不去怨天尤人。他的想法，和我们古人的想法很有些相似之处：月有阴晴圆缺，人有悲欢离合，好事古难全。想到生命这样的一点平衡的意义，他的心也就自然平衡了。命运在一方面给予他别人无法企及的财富，在另一方面便给予他如此触目惊心的惩罚。他想开了，惩罚也可以变成回报，两者之间沟通的桥，需要的就是生命的平衡力量。他那些富余的钱，不是仅仅为了留给他的两个孩子,而是用来在伊斯坦布尔修建了一座残疾人的公园,公园里所有的器械都是为残疾人专门设计的,就连游乐场里的摇椅,都有供残疾人不用离开轮椅而自动坐上坐下的自动装置。他希望以自己能够做到的事情,来平衡更多残疾人不如意的生活,从而使自己不如意的生活达到新的平衡。

萨班哲先生已经七十有余,如此富有,但他对自己非常抠门。传说他一直到现在,依然是一天只抽一支雪茄,上午和下午各半支;依然是一天只喝一小杯威士忌,是在一天工作完太阳下山之后坐下来喝。但到了该花钱的时候,他却一掷千金,如伊斯坦布尔的这座残疾人公园。他在富有和贫穷、健全与残疾、得到与失去中,寻找到了自己的平衡。

那天,我们去参观以他的名字命名的萨班哲博物馆。博物馆就建在博斯普鲁斯海峡的岸边,进可以观各种名画和《古兰经》,出可以看海水蔚蓝、海鸥翩翩和博斯普鲁斯大桥的巍峨壮观,真是非常漂亮。这里原来是他的私人住宅,他捐献出来改建成了这座博物馆。在这座博物馆里,最有趣的是一间陈列室,里面挂的全是画着萨班哲先生的漫画——是萨班哲先生请来土耳其的漫画家们,让他们怎么丑怎么画,越丑越好,画成了这样满满一屋子的漫画。有时候,他到这里来看一屋子包围着他的、画着他的那一幅幅丑态百出的漫画,他很开心,他在这里找到了在外面被人或鲜花或镜头簇拥着、恭维着所没有的平衡,他在这里找到了在两个残疾智障孩子给予他的痛苦中所没有的欢乐。萨班哲先生真是洞悉了世事沧桑,彻悟到了人生三昧。他实在是一个智慧的老头，懂得平衡的艺术真谛。

我们能够拥有他这样洒脱的心态吗？我们能够拥有他这样宠辱不惊的自我平衡的力量吗？如果我们也一样拥有，我们的人生就会和萨班哲先生一样过得充实而愉快，而不会因为一时的得意而忘乎所以，因一时的失意而绝望到底，我们便和萨班哲先生一样在世事的跌宕中历练自己，在生命的平衡中体味到人生的意义。

人的一生，从来不可能不是天堂就是地狱非此即彼的选择，而总是在这两者之间有一种平衡力量的显示。这样，我们的生命处于一种能量守恒状态中，而对生活中所呈现出的极端才不会或得意忘形或惊慌失措。比如：有时候我们会处于睡眠状态，有时候我们会处于亢奋状态；有时候我们会如孔雀开屏四面叫好，有时候我们会如老鼠钻风箱两头受气；有时候我们需要抹龙胆紫，有时候我们需要搽变色口红；有时候我们需要开塞露，有时候我们又需要润肤霜……生命就是在这样的阴阳契合、内外互补、得失兼备和相辅相成中达到平衡。寻找这样的平衡，便寻找到了生活的艺术，寻找到了生命和人生的意义。生命平衡的力量，其实就是我们平常生活的定力，是我们琐碎人生的定海神针。

2003 年 3 月记于伊斯坦布尔

美丽的脆弱

我有一个朋友,假期没有像有的人那样往风景热闹的地方跑,偏偏跑到了当年他插队的地方。那是一个叫作西尔根的地方,很动听也很陌生的名字。走之前,全家没有一个人同意他去。是啊,都离开那里二十六年了,没有一点任何的联系,干吗心血来潮非要去那里?他偏偏就是一意孤行,只好偷偷地离开家,上了奔向内蒙古草原的火车。就像二十六年前他离开北京去西尔根那天一样,也是独自一人,傍晚的夕阳火红,显得有些凄清。

其实,上了火车,他自己也没明白为什么一根筋似的非要大老远地跑一趟那里。也许就像罗大佑的歌里唱的那样:"眼看着高楼盖得越来越高……只因为大家见面越来越少;苹果价钱卖得没以前高,或许现在味道变得不好,就像彩色的电视变得更加花哨,能辨别黑白的人越来越少……" 久居城市,天天见到的都是这些钢筋水泥和上了油彩化妆的脸,心都磨出了厚厚的老茧,硬得油盐不进,真是容易让人心烦意乱,他要躲个清静,突然想起了那个离开了二十六年的遥远的草原。

他说不清，但他是个强悍的人，想好的事就要去做，不会在关键的时候弱了下来。坐了一天一夜的火车，又坐了大半天的汽车，他就是要奔向那个叫作西尔根的地方。这地名对家人陌生得犹如在天外另一个星球之上，对他却是比世界上任何一个旅游胜地或其他辉煌的地名都要刻骨铭心。望着窗外奔驰而过的北方原野，他愣是一天一夜在火车上没合眼。

他终于见到了西尔根，和在西尔根他想见的人。他曾经在那里度过了整个青春期，那个地方怎么能够像吃鱼吐刺似的轻易地剔除得掉呢？许多和青春连在一起的东西和地方，不管好坏，都是难以忘掉的。西尔根，西尔根，有时会在心中叫着它，就像叫着自己的名字一样。

因为最后几年他当了民办老师，他教过的学生先是呼喊着"巴克西依乐咧"（蒙古语"老师来了"）都跑了过来，却不是他想象的样子，个个已经面目皆非。都是有了孩子四十岁上下的人了，有的居然还有了孙子，能不让他感慨流年暗换？

又听见了熟悉的蒙古语，又吃到了熟悉的扒羊肉，又喝到了熟悉的奶皮子，又闻到了熟悉的"乌日莫"拌炒米的香味和属于西尔根草原风中的清香……酒酣耳热之际，这些学生们对他说："老师，我们给你唱首歌吧！"他以为是常见的蒙古族人喝酒时的唱歌助兴，那就唱吧，没想到他们忽然齐刷刷地站了起来，齐声唱的竟是二十六年前自己教他们的那首歌。如果不是他们唱，他几乎都要忘光了，他一辈子就自编了这么一首歌，二十六年了，他们居然还记得？记得这么清清楚楚！不知怎么搞的，当着那么多的学生，他一下子竟泪流满面。

他才发现自己原来并不那么坚强，竟然这样脆弱。一首陈年老歌就让自己的眼泪没出息地流出来。

其实，有时候，人心需要一点脆弱。我们太崇尚所谓的强人和牛仔硬汉，其实，时时都是那样坚强，像时时穿着盔甲、举着盾牌似的，会让人受不了。就像城市要是处处都变成坚强的钢筋水泥，露不出一点见泥见土的地方，就不能让雨水渗进去，滋润出一片青草或一匝绿荫。如果我们还能够在行色匆忙之中偶然被一首陈年老歌或被一点些微小事打动，说明我们还有药可救。

有时候，脆弱就是这样测量我们是否还可救药的一张 pH 试纸。

胡萝卜花之王

一年前,我就见过这个男孩。那时,他总是在布卢明顿市中心的农贸市场里唱歌。这个农贸市场每周六日上午开放,附近农场的人来卖菜卖花卖水果,很多城里人愿意到这里来买些新鲜的农产品。他总是选择周六的上午站在市场的一角,抱着把吉他唱歌。

那时,他总是唱鲍伯·迪伦的歌,每一次见到他,他都是在唱鲍伯·迪伦的歌,他对鲍伯·迪伦情有独钟。只是,那年轻俊朗像是大学生的面孔,光滑如水磨石,阳光透过树的枝叶洒在上面,柔和得犹如被一双温柔的手抚摸过的丝绸,没有鲍伯·迪伦的沧桑,尽管他的嗓音有些沙哑,并不像一般年轻人那样明亮。心里暗想,或许他喜爱鲍伯·迪伦,但他真的并不适合唱鲍伯·迪伦的歌。他应该唱那种爱情或民谣小调。如果他爱老歌,保罗·西蒙都会比鲍伯·迪伦合适。

不过,听惯了国内各种唱歌比赛中歌手那种声嘶力竭或故作深情的演唱,他更像是自我应答的吟唱,心很放松,很舒展,如啼红密诉、剪绿深情的喃喃自语。他不做高山瀑布拼死一搏的飞流宣泄状,而是溪水一般汩汩流淌,湿润脚下的青草地,也湿润梦想中的远方。他的歌声让我难忘。

今天，他再次出现在我的面前，依然站在布卢明顿的农贸市场上，站在夏日灿烂阳光透射的斑斓绿荫中。和去年一样，他穿着牛仔裤和一件蓝色的圆领T恤，脚下还是穿着高腰磨砂牛仔靴，好像只要到了这个季节他家里家外一身皮，只有这一套装备。他的脚下，还是那把琴匣，仰面朝天地翻开着，里面已经有了人们丢下的纸币和硬币。那一刻，真的以为时光可以停滞在人生的某一刻，定格在永远的回忆之中，歌声和吉他声，只是为那一刻伴奏。

但是，琴匣边的另一个细节，立刻告诉我逝者如斯，一年的时光已经过去了，人生可以有场景的重合，也可以有故人的重逢，却都已经物是人非。那是一叠CD唱盘，我蹲下来看，上面有醒目的名字"*Blue Cut*"。他已经出唱盘了，每张5美元。站起身，禁不住仔细端详他，发现他比去年胖了不少。想起去年还曾经画过他的一张速写，把他的人画矮了些，他人长得挺高的，去年像一个瘦骆驼，今年已经壮得如一匹高头大马。

有意思的是，他不只是抱着那把吉他，脖颈儿上还挂着一个铁丝托，上面安放着一把口琴，成为他的吉他的新伙伴，里应外合，此起彼伏。而且，今年他唱的不是鲍伯·迪伦，而是美国组合"中性牛奶旅店"的歌。这支乐队二十世纪九十年代中期成立，然后解散，去年又重新复出，颇受美国年轻人欢迎，他们的音乐浅吟低唱、迷惘沉郁，洋溢民谣风，歌词更是充满幻想和想象力，处处是象征和隐喻。更有意思的是，站在他前面不远处，有一个和他一样年轻的姑娘，身穿一袭藕荷色的连衣裙,一直笑吟吟地望着他唱歌,那目光深情又如熟知的鸟一般,总是在我们几个听众和他之间跳跃,无形中透露出她的秘密,我猜想一定是这个小伙子的女友或恋人。我想起这支"中性牛奶旅店"曾经唱过的歌:"我们把秘密藏在不知道的地方,那个曾经爱过的人你不知道她的名字。"在去年他可能不知道她的名字,今年,他知道了。他的歌声便比有些忧郁的"中性牛奶旅店"多了一些明快。

一年过去了,总会有很多故事发生。禁不住想起罗大佑的歌,流水带走光阴的故事,改变了一个人。不仅是光阴改变了一个人,歌声也改变了一个人,一个人也可以改变自己的歌声。他从鲍伯·迪伦变成了"中性牛奶旅店",一下子从二十世纪的五六十年代,飞越到新世纪。

我们点了一首歌,请他唱,还是"中性牛奶旅店"的歌:《胡萝卜花之王》。他换下脖颈儿上挂着的口琴,腰弯向身边的一个袋子,我看见里面装的都是大小不一的口琴。是他的"武器库",除了吉他,他的装备多了起来。他换了一把小一点儿的口琴,开始为我们演唱《胡萝卜花之王》。这是一首关于爱情和成长的歌,青春永恒的主题。在口琴和吉他声中,头一段歌词像在显影液中轻轻地洇出来:"年轻时你是一个胡萝卜花之王,那时你在树间筑起一座塔,身边缠着神圣的响尾蛇……"嗓音还是以前那样有些沙哑,却显得柔和了许多,像是有一股水流淌过了干涸的沙地,让沙地不仅绽开胡萝卜花,也绽开星星点点的其他野花,还有他的那座神秘的塔和那条神圣的响尾蛇。

我往琴匣里放上 5 美元，买了一盘他的 *Blue Cut*。他和那个身穿藕荷色连衣裙的姑娘一起对我说了声谢谢。告别时问他是不是印第安纳大学的学生。他点点头说是印第安纳大学音乐学院的学生。我问他学的什么专业，他说是古典音乐。然后不好意思地笑了。身边的姑娘也笑了起来。这没什么，古典音乐不妨碍流行音乐，以前"地下丝绒"乐队的鲁·里德和约翰·凯尔也是学古典音乐的。

回家的路上，听他的这盘 *Blue Cut*。由于是在录音棚里录制的，比在农贸市场听的要清晰好听，第一首歌，简单的吉他和口琴伴奏下他那年轻的声音，尽管有些沙哑，却明澈如风，清澈如水。还有什么比年轻的声音更让人能够在心底里由衷地感动的呢？一年的时间里，他没有让年轻的脚步停下来，他也没有如我们这里的歌手一样疯狂地拥挤在各种电视节目的选秀路上，只是选择了这样一条寂寞却清静的路，课时在音乐学院学习，业余到农贸市场唱歌，有能力出一张自己的专辑，不妨碍歌声传情捎带脚谈谈恋爱。只不过一年的时间，却让我看到了青春的脚步，成长的轨迹。尽管，肯定有不少艰难，甚至辛酸，但哪一个人的青春只会是一根甜甘蔗，而不是一株苦艾草，或一茎五味子，或他唱的那朵胡萝卜花呢？想想，倒退半个多世纪，1957 年，在一辆黑羚羊牌的破卡车的后座上，他曾经喜爱的鲍伯·迪伦，那时和他一样年轻的年龄，不是从家乡北明尼苏达的梅萨比矿山，穿过印第安纳州，昏沉沉地坐了整整一天一夜 24 小时大卡车，去纽约闯荡他的江山吗？说青春是用来怀念的，只是那些青春已经逝去的人说的话；青春是用来闯荡的。

车子飞驰在布卢明顿夏日热烈的阳光下。车载音响里响起 *Blue Cut* 中的第二首歌，是女声唱的，不用说，一定是一直站在他身边的那位藕荷色连衣裙姑娘。青春，有艰难相陪，也有爱情相伴。那是他的胡萝卜花之王呢。

2014 年 6 月 23 日于布卢明顿

今朝有酒

我家以往并没有嗜酒如命的人。细想一下，也就是父亲在世的时候爱喝两口酒，不过是两瓶二锅头要喝上一个月，八钱的小盅，每次倒上大半盅，用开水温着，慢慢地啜饮，绝不多喝。

如今，弟弟却迷上了酒。几乎不可一日无酒，而且常醉，醉得将胆汁都吐出来，他依然喝。命中注定，他这一辈子难以离开酒。辛弃疾词云："我饮不须劝，正怕酒樽空。"说他丝毫不差。家中并无此遗传因素，真不知他是从何染上瘾的。

想想，该怨父亲。弟弟在家里属老小，小时候，一家人围在桌前吃饭，父亲常娇惯他，用筷子尖蘸一点儿酒，伸进他的嘴里，辣得弟弟直流泪。每次饭桌前这项保留节目，增添全家的欢乐，却渐渐让弟弟染上酒瘾。那时候，他才三四岁，还太小呀！

不满十七岁，弟弟只身一人报名到青海高原，说是支援"三线"建设，说是志在天涯战恶风，一派慷慨激昂。那一天，他到学校找我，我知道一切是板上钉钉，无可挽回了。我们两人没有坐公共汽车，沿着夕阳铺满的马路默默地走回家，一路谁也没有讲话。那天晚上，母亲蒸的豆包是我们兄弟俩最爱吃的。父亲烫了酒，一家人默默地喝。我记不得那晚究竟喝了多少酒，不过我敢肯定，父亲喝得多，而弟弟喝得并不多。他还是个孩子，白酒辛辣的刺激对于他过早些，滋味并不那么好受。

三年后，我们分别从青海和北大荒第一次回家探亲，他长高了我半头，酒量增加得让我吃惊。我们来到王府井，那时北口往西拐一点儿有家小酒馆，店铺不大，却琳琅满目，各种名酒应有尽有。弟弟要我坐下，自己跑到柜台前，汾酒、董酒、西凤、洋河、五粮液、竹叶青……一样要了一两，足足十几杯子，满满一大盘端将上来，吓了我一跳。我的脸立刻拉了下来："酒有这么喝的吗？喝这么多？喝得了吗？"弟弟笑着说："难得咱们聚一次，多喝点儿！以前，咱们不挣钱，现在我工资不少，尝尝这些咱们没喝过的名酒，也是享受！"

我看着他慢慢地喝。秋日的阳光暖洋洋、懒洋洋地洒进窗来，注满酒杯，闪着柔和的光泽。他将这一杯杯热辣辣的阳光一口一口地抿进嘴里，咽进肚里，脸上泛起红光和一层细细的汗珠，惬意的劲儿，难以言传。我知道，确如他说的那样，喝酒对于他已经是一种享受。三年的时光，水滴也能穿石，酒不知多少次穿肠而过，已经和他成为难舍难分的朋友。

想起他孤独一人，远离家乡，在茫茫戈壁滩上的艰苦情景，再硬的心也就软了下来。还是个没长大的孩子，就爬上高高的井架，井喷时喷得浑身是油，连内裤都油浸浸的。扛着百斤多重的油管，踩在滚烫的戈壁石子上，滋味并不好受。除了井架和土坯的工房，四周便是戈壁滩。除了芨芨草、无遮无挡的狂风，四周只是一片荒凉。没有一点儿业余生活，甚至连青菜和猪肉都没有。只有酒。下班之后，大家便是以酒为友，流淌不尽地诉说着绵绵无尽的衷肠。第一次和老工人喝酒，师傅把满满一茶缸白酒递给了他。他知道青海人的豪爽，却不知道青海人的酒量。他不能推托，一饮而尽，便醉倒了，整整睡了一夜。从那时起，他仿佛换了一个人。他的酒量出奇地大起来。他常醉常饮，把一切苦楚与不如意吞进肚里，迷迷糊糊进入昏天黑地的梦乡。他在麻醉着自己。其实，这是对自己命运无奈的消极。但想想他那样小而且远在天涯，那样孤独无助，又如何要他不喝两口酒解解忧愁呢？"人间路窄酒杯宽"，一想到这儿，便不再阻拦他喝酒。世道不好或在世道突然变化的时候，酒都是格外畅销的。酒和人的性格相连，也与世道胶粘，怎么可单怪罪弟弟呢？

这几年，世道大变。"四人帮"粉碎之后，弟弟先是调到报社，然后升入大学，考上研究生。可是，"文章为命酒为魂"，他的酒依然有增无减。我的酒与世道的理论在他面前一无所用。

他照样喝，时有小醉或大醉，甚至住过医院。家里最怕来客人，因为他往往会热情得过分，借此大喝一通，不管人家爱喝不爱喝，他非要把一瓶瓶手榴弹一样排成一列的啤酒喝光，再把白酒喝得底朝天，直至不知东方之既白。我最担心过春节，因为那是他喝酒的节日，从初一喝到十五，天天酡颜四起、酒气弥漫，让家人不知所从，似乎跟着他一起天天泡在酒缸里一般。有几次，从朋友家喝完酒归家，他醉意蒙胧，骑车带着儿子，儿子迷迷糊糊睡着了，他竟将儿子摔下去，自己还全然不知，独自一人一摇三晃、风摆杨柳一样骑回家。还有一次，他和头头脑脑聚餐，喝得兴起胆壮，酒后吐真言，将人家狗血淋头一通痛骂……

这样的事虽只是偶尔发生，却让人提心吊胆。他妻子便给我写信求救。虽远水解不了近火，我依然如消防队员般扑救。只是我一次次做着无用功，他依然一次次喝。我唯一能够做的，是他回北京住我这里时控制他的酒量。但是，晚上酒未喝足，见他躺在床上辗转反侧、半宿半宿亮着灯光看书那痛苦的样子，心里常动恻隐之情。他无法离开酒，就让他喝吧！喝痛快之后，他倒头就睡，宠辱皆失、物我两忘的样子，让人心里还好受些。不过，我常将这涌起的恻隐之情斩断在摇篮中。我实在不愿意他成为不可救药的酒鬼。我希望帮他克制这个液体魔鬼！

然而我发现这一切想法都落空了。弟弟不和我争执，任我老太婆一样絮絮叨叨地数落，任我狠着心就不把他的酒杯斟满。他的心磁针一样依然顽强地指向酒，万难更易。实在馋得要命，他便带上我的孩子，到外面餐馆里痛痛快快喝一顿，喝完之后嘱咐孩子："千万别告诉你爸爸！"和我一起外出，他说他渴了，我说那就喝汽水吧，他说汽水不解渴。我知道他在馋酒，只好让他喝。一大杯啤酒饮马一样咕咚咚下肚，他回去退杯时趁我未注意，偷偷回头瞧我一眼，匆忙再要半升一饮而尽，方才心满意足地退出酒铺。

去年，我和他一起到新疆采访，开着会却找不见他。不一会儿，他手拎着个酒瓶，站在会议室的门前，实在是像立在一幅画框里，让人哭笑不得。我们到野外钻井队采访，那里不许喝酒，三天下来可把他憋坏了，刚出井队便跑进商店，不管什么酒先买上一瓶再说。钻进越野车，酒却找不见了。看他麻了爪一样在座椅上下前后翻找的样子，真有些好笑，仿佛守财奴找他的钱包，贵妇人找她的钻戒，当官的找他丢失的大印，那样子引起大家一阵笑。说心里话，我感到很不是滋味。

我的孩子曾颇为好奇地问他："叔叔，喝醉了以后是什么感觉呀？"他说："有人醉后打架骂人，有人醉后睡大觉，而我醉后是进入仙境！"他这样对我说："我喜欢林则徐的一句话，'诗无定律须是将，醉到真乡始是侯'。"

我不知"醉到真乡"究竟是什么样子，便也难以进入他的仙境之中。或许，人和人的心真是难以沟通，即便是亲兄弟也如此。我知道他生性狷介，与世无争，心折寸断或柔肠百结时愿意喝喝酒；萍水相逢或阔别重逢时也愿意喝喝酒；独坐四壁或置身喧嚣时还愿意喝喝酒……我并不反对他喝酒，只是希望他少喝，尤其不要喝醉。这要求多低，这希望多薄，他却只是对我笑，竖起一对早磨起茧子的耳朵，雷打不透，滴水不进。

从小失去父母，那么小独自一人漂泊天涯，怎不让人牵挂？记着弟弟喝酒成了我的一块心病。虽明知说也无用，偏还要唠叨不已。外出见到那些醉酒的人，总不由得想起弟弟。前年路过莫斯科，见到那么多酗酒的人被抬上警车狼狈的样子；今年在巴塞罗那，遇到醉酒的摩洛哥人拉着我的胳膊云山雾罩要和我攀谈的样子，都让我想起弟弟，莫非这便是醉到真乡？醉入仙境？我相信弟弟绝不至如此，他的真乡与仙境或许更妙，或许是一种解脱和升华，但我宁愿他不要这一切，而只像平常人一样将酒喝得适可而止，将酒视为一种普普通通的饮料。

今年秋天，弟弟千里迢迢来北京出差，虽长途跋涉，又几处换乘，颇为不便，竟带回一瓶瓷瓶的互助大曲。他掏出几经颠簸却保存完好的酒对我说："这是青稞酒，青海最好的酒！"我哭笑不得。

我们已经不再年轻。十七岁的少年痛饮只是往昔的一场梦。这次回家，我发现弟弟明显苍老许多，酒量已不如以前，往往几杯酒下肚，话稠语多，眼睛泛红而混浊，肩膀倾斜，手臂也不时隐隐发抖。我真担心这样喝下去待他年老时会突然支撑不住。他却一如既往，高声呼道："来，干杯！"

我无法干杯。虽然我知道弟弟将无限情感寄托于此。"功名万里外，心事一杯中。"是他曾经抄给我的一句唐诗。但是，我依然不能干。弟弟，我劝你也不要干，而放下你手中的酒杯。尽管这番话也许打不起一点儿分量，尽管这番话已经讲了一万遍，我仍然要对你再讲第一万零一遍！

你听到了吗？

1992年10月4日于北京

忧郁的孙犁先生

一晃,孙犁先生已经去世五个月了。我一直想写写孙犁先生,却又不知从何写起,面对电脑,枯坐半天,总是一片空白。这让我非常痛苦,我才发现有的事情、有的人真的想写却突然没有词了,那感觉就像欲哭无泪一样吧。

我常常想起孙犁先生,想起先生和我通过的那么多的信。我很想把这些信件都整理出来,为先生也给自己留一份纪念。可是,我不忍心触动那些难忘的,而且只是属于我们两人的岁月。那是一段多么难忘的岁月,在我的一生中,恐怕再也找不回那样恬静而温馨的岁月了。我表达着一个晚辈对他的景仰,他是我德高望重的前辈,却是那样的平易朴素,那么大的年纪却常常关心我的生活和写作,竟然来信说:"您在各地报刊发表的短文,我能读到的,都拜读了。"而且按先生的话是"逐字逐句"认真地读,然后写来长信,提出批评,给予鼓励。文学变得那样美好而纯净,远离尘嚣,我和先生仿佛与世隔绝一般,只谈读书,只谈往事。现在还会有那样的岁月和心境吗?

在孙犁先生活着的时候,我常常想去看望他,北京离天津并不远,况且在天津还有我的亲人和认识孙犁先生的朋友，我也经常去天津。但我还是一次次忍住了这个念头，我怕打扰一个喜欢安静的老人，说老实话，也怕和我想象中的样子出现偏差。心仪一位作家，就老老实实地读他的作品吧。我知道我既不是他的学生，也不是他的研究者，也不是他的部下，而只是一个敬重他的作者和喜爱他的读者，本来离孙犁先生就很远，即便走近了，也不见得就能够看得清楚，就还是远远地保留一份想象吧。

孙犁先生去世之后，我读过不少人写的悼念文章，有些和我想象中的一样，有些和我想象中的不一样。我便问自己：我想象中的孙犁先生是什么样子呢？想了许久，我得出的结论是：晚年的孙犁先生是忧郁的。我不知道，我的想象是不是对。那只是我的想象。没错，孙犁先生的晚年是忧郁的。

孙犁先生的忧郁，和他衰年独处有关。他的文章中不止一次流露出"故园消失，朋友凋零，还乡无日，就墓在期"的感慨。他是一个情感极其细腻的人，他沉淀了岁月，洞悉了人生，所以在琐碎生活中特别珍时惜日，所以在秋水文章中格外取心析骨。

记得他读完我的《母亲》一文，知道我小时候生母去世后父亲回老家又为我和弟弟娶回一个继母的经历，来信说："您的童年，无论如何，不能说是幸福的，使我伤感。"然后，又驰书一封特别说："关于继母，我只听说过'后娘不好当'这句老话，以及'有了后娘就有了后爹'这句不全面的话。您的生母逝世后，您父亲就回了一趟老家。这完全是为了您和弟弟。到了老家经过和亲友们商议、物色，才找到一个既生过儿女,年岁又大的女人,这都是为了你们。如果是一个年轻的,还能生育的女人,那情况就很可能相反了。所以,令尊当时的心情是痛苦的。"

前一封信,让我感动,我知道孙犁晚年很少再动感情,他却因我的一篇文章而为我的童年伤感。我能够触摸到他敏感而善感的心,便也就越发明白为什么在他早期的文章中充满对那么多人细致入微的感情描摹。我有一种和他的心相通的感觉,这不是什么攀附,只是普通人之间普通情感的相通。我相信他是不愿意他去世后被人称作大师的,他只是一个始终保持着普通人感情的作家,就像他始终喜欢布衣麻鞋、粗茶淡饭一样。

后一封信,让我没有想到,因为从我写文章起到文章发表之后,都不曾经想到父亲当年那样做时内心真实的感情,而只是埋怨父亲。孙犁先生的信提醒了我,也是委婉地批评了我。真的,对于父亲,我一直都并未理解,一直都是埋怨,一直都是觉得自己的痛苦多于父亲。也许,只有经历过太多沧桑的孙犁先生,对于哪怕再简单的生活也会涌出深刻的感喟吧,而我毕竟涉世未深。过去常看到别人说孙犁先生善于写女人,其实,他也是那样善于理解男人。我也隐隐地感觉到晚年的孙犁先生和年轻时的心境已经不大一样,便总觉得有一种忧郁的云翳拂过他的眼神,善意地注视着我们,伤感地回顾着往昔。

我不大清楚孙犁先生到底是如何看待自己晚年的文章的。我只知道在和我通信中,他特别提到过他的这样两篇文章,一篇是1989年写的《记邹明》,一篇是1994年写的《读画论记》。在他晚年的著述里,这两篇文章都算比较长的了。我是觉得他自己格外看重这两篇文章的,《读画论记》,他不计利钝,不为趋避,知人论世,裁画叙心,深刻道出对文坛的悲哀。在这篇文章中,他说:"没有大智大勇,很难逃出这个圈子。"

我想起先生在给我的信中不止一次地流露出这种情绪:"贪图名利于一时,这是很容易的。但遗憾终生,得不偿失,我很为一些聪明人,感到太不值。"在信里,他对文坛许多现象给予了批评,比如对那些冒充学问的所谓注水书籍的一再批评:"这不能说明他有学问,是说明当前的'读者'都是'书盲',能被这些人唬住,太可怜了。"面对这些现象,最后他只有在信中感慨地说:"据我的经验,目前好像没有人听正经话,只愿意听邪门歪道,无可奈何。"

晚年的孙犁,唯一能够给予他慰藉的只有读书了。他在信中对我说:"我读书很慢,您难以想象,但我读得很仔细,这也是年轻人难以想象的。"在另一封信中,他又说:"读书烦了,就读字帖;字帖厌了,就看画册。这是中国文人的消闲传统,奔波一生,晚年得静,能有此享受,可云幸福。"孙犁是以这样的心境退回书斋之中的,既有中国传统文人之习,也有无可奈何之隐。孙犁先生的去世,我是感到这样一代文人和文风已经宣告结束了。那种忧郁的叹息和气质只存活在他的文字中了。

我知道孙犁先生晚年喜欢临帖书写,曾经请他为我写一幅字,他写来的第一幅录的是杜甫《寄彭州高三十五使君适、虢州岑二十七长史参三十韵》中的诗句,诗里有"心微傍鱼鸟,肉瘦怯豺狼"和"竹

105

斋烧药灶，花屿读书床"，我不知道是不是先生的自况？他写来的第二幅字是"千秋万岁名，寂寞身后事"，我感到他在旷达和超脱之外的一丝忧郁。他出的最后一本书，取的书名竟是《曲终集》，我隐隐感到不大吉利，曾经写信问过他，先生回信却没有回答，也许，是觉得我岁数还小不大懂得吧。

《记邹明》，有他自己人生的感慨，那是一则邹明记，也是一篇哀己赋。在那篇文章中，他说："是哀邹明，也是哀我自己。我们的一生，这样的短暂，却充满了风雨、冰雹、雷电，经历了哀伤、凄楚、挣扎，看到了那么多的卑鄙、无耻和丑恶。这是一场无可奈何的人生大梦，它的觉醒，常常在瞑目临终之时。"我不知道别人是如何看这篇文章的，我是感到了一种往昔的梦魇与现实的无奈，交织成一片深刻的忧郁，笼罩在晚年孙犁先生的心头，拂拭不去。

孙犁先生一生不谙世故宦情，以他的资历和成就，他完全可以像有些人那样爬上去的，但他只是如自己所说的："我的上面有科长、编辑部正副主任、正副总编、正副社长。这还只是在报社，如连上市里，则又有宣传部的处长、部长、文教书记等等。这就像过去北京厂甸卖的大串山里红，即使你也算是这串上的一个吧，也是最下面、最小、最干瘪的那一个了。"

在一次孙犁先生《耕堂劫后十种》书籍出版座谈会上，我曾经讲过这样的话——我很想把这段话作为这篇迟到的悼念文字的结尾：

孙犁先生是中国真正的、有点老派的古典文人。知识分子是干什么的？就是干与知识相关的事情，孙犁先生的一生就是这样干的。

面对这样的一个人,我们很惭愧。因为我们有些知识分子干的不是知识分子的事情,或为官,或为商,或争名于朝,或争利于市,这是孙犁先生作品中不断批判的。而孙犁先生的一生,他干的是知识分子的事情,他不为官,也不为商,然而不是他没有为官的途径和条件。孙犁先生是一个真正的文人。回眸孙犁先生二十年,实际不止二十年,五十年或者更长,把他的五十年、六十年,一生的作品都展示出来,孙犁先生可以面不改色,不用脸红,他的每篇文章包括每封信件都可以和读者见面。现在有多少作家可以把自己所有的作品更不要说每一封信件,摊出来和读者见面呢?包括所谓的大家。正如孙犁先生在《曲终集》中所说:人生舞台,曲不终,而人已不见;或曲已终,而仍见人。孙犁先生五十年的作品,不仅一直保持着这种创作的势头,而且保持着真正文人的这种态度。所以我说孙犁先生是真正的文人,做的是真正文人的事情,愿意称自己为文人的人,都应该有发自内心的深省。

2002年12月11日于北京

冬夜重读史铁生

　　史铁生离开我们已经快两个月了。在史铁生刚刚去世时,人民文学出版社出版了他的《我与地坛》,恰逢其时。我想,对他最好的怀念,莫过于认真重读他的作品。

　　好的文字,从来都是能够保持长久不灭的感情和生命的温度的,其魅力便也在于此。这两个月来,一直在重新读史铁生的作品,我边读边想,再没有一位作家赶得上他一样是在用感情、用心灵、用生命写作的了;我边读边想,他就还在我的面前,还在地坛的一隅。

　　在《我与地坛》的开篇中,他先是这样写了一段地坛的景物:"四百多年里,它一面剥蚀了古殿檐头浮夸的琉璃,淡褪了门壁上炫耀的朱红,坍圮了一段段高墙又散落了玉砌雕栏,祭坛四周的老柏树愈见苍幽,到处的野草荒藤也都茂盛得自在坦荡。"然后,他紧接着说:"这时候想必是我该来了。"

　　他来了。他去了,又来了。每一次读到这里,我都格外心动。总觉得像电影一样,在地坛颓败而静谧的空镜头之后,他摇着轮椅出场了。或者,恰如定音鼓响彻寂静的地坛古园里一样,将悠扬的回音荡漾在我的心里，注定了他与地坛命中契合难舍的关系。当代作家中，哪一位有如此一个和自己撕心裂肺打断了骨头连着筋的特定场景，从而使得一个普通的场景具有了文学和人生超拔的意义，而成为一个独特的意象？就像陆放翁的沈园，就像鲁迅的百草园，就像约翰·列侬的草莓园，就像凡·高的阿尔？

在史铁生的作品里，母亲是一个最动人和感人的形象。母亲四十九岁的时候过早地离开了人世，在《我与地坛》中，有这样两段描写。

一段是——

摇着轮椅在园中慢慢走，又是雾罩的清晨，又是骄阳高悬的白昼，我只想着一件事：母亲已经不在了。在老柏树旁停下，在草地上在颓墙边停下，又是处处虫鸣的午后，又是鸟儿归巢的傍晚，我心里只默念着一句话：可是母亲已经不在了。把椅背放倒，躺下，似睡非睡挨到日没，坐起来，心神恍惚，呆呆地直坐到古祭坛上落满黑暗然后再渐渐浮起月光，心里才有点儿明白：母亲不能再来这园中找我了。

一段是——

有一年，十月的风又翻动起安详的落叶，我在园中读书，听见两个散步的老人说："没想到这园子有这么大。"我放下书，想,这么大一座园子,要在其中找到她的儿子,母亲走过了多少焦灼的路。多年来我头一次意识到,这园中不单是处处都有过我的车辙,有过我的车辙的地方也都有过母亲的脚印。

后一段,体现了史铁生的心地的敏感,从两个散步老人的一句简单而普通的话语里,涌出对母亲由衷的感恩和悔恨之情。敏感的前提,是善感。也就是说,是海绵才有可能吸附水分,水泥板花岗岩,哪怕是再华丽的水磨石方砖,是无法吸附水分的,而只能让哪怕再晶莹剔透的水珠凭空流逝。缺乏这样善感的心地与真情,使得不少写作成为搭积木和变魔术的技术活儿,或者化装舞会上和摆满座签的领奖席上花红柳绿的邀宠或争宠般的热闹。

前一段,排比句式的景物中几次慨叹"可是母亲已经不在了"都会让我心情沉重。在这样重复的喟然长叹中,那些景物——老柏树、草地、颓墙、虫鸣的午后、鸟儿归巢的傍晚以及古祭坛上的黑暗与月光,才一一都有了意义,这意义便是这一切附着上母亲的身影。因此可以说,地坛是史铁生的,也是母亲的,因有这样的一位母亲而让地坛具有伤感无奈却又坚韧伟大的别样情怀。

每次读到这里,我都会忍不住想起史铁生在他的《记忆与印象》中的《一个人形空白》里的一段:"我双腿瘫痪后悄悄地学写作,母亲知道了,跟我说:她年轻时的理想也是写作。这样说时,我见她脸上的笑……那样惭愧地张望四周,看窗上的夕阳,看院中的老海棠树。但老海棠树已经枯死,枝干上爬满豆蔓,开着单薄的豆花。"

如今，重读这一段，我想起史铁生，也想起他的母亲，窗上的夕阳，枯死的老海棠树，老海棠树枝干上爬满的豆蔓，开着单薄的豆花，便一下子都成为母亲那一刻百感交集又无法诉说的心情与感情的对应物，好像它们就是为了衬托母亲的心情与感情，故意立在院子里，帮助史铁生点石成金。这是怎样的一位母亲呀，可以这样说，如果没有这样一位母亲，就没有史铁生，我说的并不是母亲生养了史铁生，而是说母亲的悲惨命运和与生俱来的气质与情怀，造就了作家的史铁生。我坚定地认为，没有母亲，便没有史铁生的地坛。

由生活具象而思考为带有哲理性的抽象，是史铁生愿意做的，也是史铁生作品的魅力，更是和我们一般写作者的区别，如同真正的大海一步迈过了貌似精致却雕琢的蘑菇泳池。他便从一己的命运扩大为更为轩豁的世界，而使得他的作品融入了思想的含量，不像我们的一样轻飘飘、甜腻腻，或皮相的花里胡哨。他爱说人间戏剧，而不是像我们那样自恋得只会舔自己的尾巴、弄自己的发型、扭自己的腰身和新书的腰封。

在人文社这本《我与地坛》里，最后选的是《想念地坛》。这是一个很好的选择。在这则文章里，史铁生想念地坛里的那些老柏树，他从它们"历无数春秋寒暑依旧镇定自若，不为流光掠影所迷"中，将其品质出人意料地抽象为"柔弱"。他进而说："柔弱是爱者的独信""柔弱，是信者仰慕神恩的心情，静聆神命的姿态"。他说："倘若那老柏树无风自摇岂不可怕？要是野草长得比树还高，八成是发生了核泄漏——听说切尔诺贝利附近有这现象。"

由老柏树的"柔弱",他写到世风的喧嚣,他说:"惟柔弱是爱愿的识别,正如放弃是喧嚣的解剂。"之所以由"柔弱"写到"喧嚣",还是要写地坛,因为地坛曾经可以是销蚀喧嚣回归宁静的一块宝地,一个解剂"我是说当年的地坛",他特意补充道。

于是,他由"柔弱"到"喧嚣",又回到"安静":"回望地坛,回望它的安静。"而如今的"安静"只能回望了,正如地坛只可以想念一样了。因为如今的地坛已经和我们一起卷入喧嚣的旋涡。

可以看出,人生的悖论,世风的无奈,以柔弱对抗喧嚣,以想念回归安静,这是一种怎样的哲思!对于写作,他比我们纯粹;对于生活,他比我们单纯;对于世界,他比我们深入。无论什么样的现实,无论什么样的命运,他利钝不计,操守不易,明不规暗,直不辅曲,一直以这样的心智,和我们,和这个世界对话。

在这篇文章最后,他写道:"靠想念去迈过它,只要一迈过它便有清纯之气扑面而来。我已不在地坛,地坛在我。"这两句话,特别是最后一句"我已不在地坛,地坛在我"如一支沉稳的铁锚,将地坛如一艘古船一样牢牢地停泊在新时期文学的岸边,和不止一代读者的心里。

2011 年 2 月 21 日于北京

总有一些瞬间温暖远去的曾经

退休后,我学习格律诗,自娱自乐,打发时间。马上就到了去北大荒五十三年的日子,前两天,写了一首小诗,怀怀旧——

未出榴花绿满阴,不禁又去一年春。
破书成束诗中梦,残月临窗影外人。
野草荒原忆狐魅,疏灯细语诉风尘。
绝无消息传青鸟,只是偶思福利屯。

这里写到的福利屯,就是五十三年前的夏天我们离开北京到北大荒下火车的地方。这是当时我国北方东北方向最偏远的一个火车站了。在未设立集贤县之前,福利屯一直隶属富锦县。我一直不明白,火车站为什么不建在县城,而建在一个离县城很远的偏僻荒凉的小镇上?

这确实是一个豌豆公主那样小的小镇,但它却是一个古镇。火车站也是老站,伪满洲国时期就有了。记得下火车时是黄昏时分,这时候这里夏日的风,已经没有北京那样燥热,而有些清爽湿润的感觉,因为不远处便是松花江。落日迟迟不肯垂落,漫天的晚霞,烧得红云如火,在西天肆意挥洒。北国,北国风光!这里便是真正的北国风光了,我在林予的长篇小说《雁飞塞北》、林青的散文《大豆摇铃的时节》中看到并向往的地方。

站台前面,只有一座低矮的房子和简单的木栅栏,便是火车站的站房了。站在空旷的站台上,等着行李卸车,望望四周,一面是完达山的剪影立在夕阳的灿烂的光芒里,一面是三江平原一望无际的平坦如砥,再有便是黑黝黝的铁轨冰冷地伸向远方,茫茫衔接的就是我们从北京一路奔来的路程,也仿佛连接着古今和未来。

以后,我们每一次回北京,从北京再回北大荒,或者是去佳木斯哈尔滨办事,都得从这里上车下车。福利屯,成为我们生命旅程中必不可少的一个节点,绿皮车厢、硬木车座、火车头喷吐的浓烟,成为青春时节记忆飘散不去的象征。只是那时候我们站在这里夏日黄昏的清风中,不知道未来迎接我们的命运是什么,吃凉不管酸,一腔空荡荡的豪情。

我将这首诗微信发给了当年插队的同学,其中到吉林一个叫新发屯农村插队的同学立刻回信说:你偶思的福利屯,我似乎并不陌生,五十多年前,你有信中说"车过福利屯,上车后给你的信尚未写完……"年华如此匆匆而过,你的诗令我感到仿佛如昨。

她的这话,让我很感动,五十多年前的一封信,谁还能记住?她在遥远的新发屯,并不在也从来没有来过福利屯,福利屯不是新发屯,过去了五十多年,怎么可以记住福利屯这个那么小那么偏僻的地名?

我回复她，感谢她。她回信说："回忆中，总有一些瞬间，能温暖整个远去的曾经。"

这话说得有点儿欧化，但她说的这意思真好。其实，那时候，我和她并不很熟，只是因为她是我的一个同学的好朋友，爱屋及乌，联系上了，和她有了通信。那时候，我爱写信，似乎很多知青都爱写信。这种传统古典的方式，特别适合风流云散的知青朋友之间抒发那个时代大而无当又缠绵自恋的情怀。她所说的车过福利屯还趴在火车上写信的情景，只能发生在那时的青春季节里。尽管生活艰苦，命运动荡，未来一片渺茫，心里还是充盈着似是而非未可知的希望，如同车窗外如流萤一般飞驰而过的灯火，总还在眼前闪闪烁烁。那时候，正偷偷看托尔斯泰的《安娜·卡列尼娜》，总恍惚地以为火车头喷吐的浓烟过后，露出的是安娜一张漂亮成熟的脸庞。

我已经记不得信里写的都是些什么了，但一封五十多年前普通的信还能被人记住，也是极其罕见的事情了。在颠簸的绿皮硬座车厢里写那些似是而非的信的情景，如今可以成为一幅感动我们自己的画了。她说得对，起码在那一瞬间，感动过我们自己，觉得信中那些即便空洞的话也慰藉我们彼此，觉得在缥缈的前方会有什么事情可能发生，即使什么也没有发生，或者发生的并不是我们所预期的。火车头喷吐的浓烟过后，并没有出现漂亮的安娜，而不过是卡西莫多。

是的！回忆中，总有一些瞬间，能温暖远去的曾经。她的话，让我想起了另一个和福利屯相关的瞬间。有一次，我从福利屯上了火车，车驶出站台，开出不一会儿，车头响起一阵响亮的汽笛。起初，我没怎么在意，以为前面有路口或是会车而必须鸣笛。后来，我发现并没有任何情况，列车在一马平川的原野上奔驰。为什么要在这时候鸣笛？我把这个疑问抛给了正给我验票的一个女列车员。她一听就笑了，反问我："你刚才没看见外面的一片白桦林吗？"我看见了，白桦林前还有一泓透明的湖泊。难道就是为了这个而鸣笛？年轻的女列车员点头说："就为了这个，我们的司机师傅就喜欢这片白桦林。"

下一次，火车驶出福利屯，经过这片白桦林时，透过车窗，我特意看了一下，发现是很漂亮的风景，白桦林的倒影映在湖水中，拉长了影子，更加亭亭玉立。火车经过这里不过半分多钟，一闪而过，车头正响起响亮的汽笛，缭绕的白烟拂过，在那个落日熔金的黄昏，定格为一幅如列维坦画作一样的油画。

总有一些瞬间，能温暖远去的曾经。

福利屯！

2021 年 6 月 16 日于北京细雨中

辑三

庸常的日子，要多一个喜欢

阳光的三种用法

童年住在大院里，都是一些引车卖浆者流，生活不大富裕，日子各有各的过法。

冬天，屋子里冷，特别是晚上睡觉的时候，被窝里冰凉如铁，家里那时连个暖水袋都没有。母亲有主意，中午的时候，她把被子抱到院子里，晾到太阳底下。其实，这样的法子很古老，几乎各家都会这样做。有意思的是，母亲把被子从绳子上取下来，抱回屋里，赶紧就把被子叠好，铺成被窝状，留着晚上睡觉时我好钻进去，被子里就是暖呼呼的了，连被套的棉花味道都烤了出来，很香的感觉。母亲对我说："我这是把老阳儿叠起来了。" 母亲一直用老家话，把太阳叫老阳儿。"阳儿" 读成 "爷儿" 音。

从母亲那里，我总能够听到好多新词儿。把老阳儿叠起来，让我觉得新鲜。太阳也可以如卷尺或纸或布一样，能够折叠自如吗？在母亲那里，可以。阳光便能够从中午最热烈的时候，一直储存到晚上我钻进被窝里，温暖的气息和味道，让我感觉到阳光的另一种形态，如同母亲大手的抚摸，比暖水袋温馨许多。

街坊毕大妈，靠摆烟摊养活一家老小。她家门口有一口半人多高的大水缸。冬天毕大妈用它来储存大白菜，夏天到来的时候，每天中午，她都要接满一缸自来水，骄阳似火，毒辣辣的照到下午，晒得缸里的水都有些烫手了。水能够溶解糖，溶解盐，水还能够溶解阳光，大概是童年时候我最大的发现了。溶解糖的水变甜，溶解盐的水变咸，溶解了阳光的水变暖，变得犹如母亲温暖的怀抱。

毕大妈的孩子多，黄昏，她家的孩子放学了，她把孩子们都叫过来，一个个排队洗澡，她用盆舀的就是缸里的水，正温乎，孩子们连玩带洗，大呼小叫，噼里啪啦的，溅起一盆的水花，个个演出一场哪吒闹海。那时候，各家都没有现在普及的热水器，洗澡一般都是用火烧热水，像毕大妈这样法子洗澡，在我们大院是独一份。母亲对我说："看人家毕大妈，把老阳儿煮在水里面了！"

我得佩服母亲用词儿的准确和生动，一个"煮"字，让太阳成了我们居家过日子必备的一种物件，柴米油盐酱醋茶，这开门七件事之后，还得加上一件，即母亲说的老阳儿。

真的，谁家都离不开柴米油盐酱醋茶，但是，谁家又离得开老阳儿呢？虽说如同清风朗月不用一文钱一样，老阳儿也不用花一分钱，对所有人都大方而且一视同仁，而柴米油盐酱醋茶却样样都得花钱买才行。但是，如母亲和毕大妈这样将阳光派上如此用法的人家，也不多。这需要一点智慧和温暖的心，更需要在艰苦日子里磨炼出的一点儿本事，这叫作少花钱能办事，不花钱也能办事，阳光才能够成为居家过日子的一把好手，陪伴着母亲和毕大妈一起，让那些庸常而艰辛的琐碎日子变得有滋有味。

对于阳光，大人有大人的用法，我们小孩子也有小孩子的用法。我家的邻居唐家是个工程师，他家有个孩子，比我大两岁，很聪明，喜欢招猫逗狗，总爱别出心裁玩花活儿。有一次，他拿出他爸爸用的一个放大镜，招呼我过去看。放大镜我在学校里看见过，不知他拿它玩什么新花样。我走了过去，他在放大镜底下放一张白纸，用放大镜对着太阳，不一会儿，纸一点点变热，变焦，最后居然烧着了，腾地蹿起了火苗，旋风一般把整张白纸烧成灰烬。

又有一次，他拿着放大镜，撅着屁股，蹲在地上，对准一只蚂蚁，追着蚂蚁跑，一直等到太阳透过放大镜把那只蚂蚁照晕，爬不动，最后烧死为止。母亲看见了这一幕，回家对我说：老唐家这孩子心这么狠，小蚂蚁招他惹他了，这不是拿老阳儿当成火了吗？你以后少和他玩！

有一部电影叫作《女人比男人更凶残》。有时候，小孩比大人更心狠，小孩子家并不都是天真可爱的。

2008年6月于北京

绿的断想

前些天，我的一本新书的责编告诉我全书彩印，想把我写的后记排成另一种颜色，问我：您最喜欢什么颜色？我毫不犹豫地说：绿色。

学画水彩画，我买了一盘二十四色固体水彩，其中绿色深浅浓淡有四种，用得最多的是它们，四种绿色都快见底。一个人喜欢什么颜色，是命定的，无法遮掩，如果他画画，颜色最能泄露心底的秘密。

在古代，崇尚黄色和红色，绿色被视为低俗的颜色。我们以往宫殿的墙都是红色，瓦都是黄色。如今，依旧将红色象征着革命或激情。曾经铺天盖地的红海洋和如今过年的红灯笼，都是对红色经典和古老传统的挥洒和运用。绿色，就差多了，"绿帽子"一词，不知何时流行的，其中绿的贬义，是明显的。京剧脸谱里的绿色，常是妖魔鬼怪，即便是人，也代表着莽撞蛮横。这是我国的颜色美学和伦理。

我不大清楚，从何时起，绿色翻身，可以代表春天，代表希望，让越来越多的人喜欢了。宋代以后，流行的诗中"万绿丛中一点红"，绿虽然不再那么不招人待见，却也只是红色的陪衬而已。读中学的时候，看到张大千画的山水，泼墨般用了那样浓烈的绿，让传统的山水画风格一新，绿得那样醒目。也曾学过朱自清先生的一篇散文《梅雨潭》，朱先生不吝笔墨，描摹梅雨潭的绿，那种无与伦比的醉人的绿，被他形容为"女儿绿"，该是对绿色最为极致的赞美。绿，终于可以长舒一口气了。

在我的人生中，见过美好的绿，有很多次，其中有两次，像悬挂在眼前和心里的两幅水彩画，总是难忘。

一次，是六十三年前，1960年，我读初一。那时，上海出版的杂志《少年文艺》，很让我痴迷。每月一期，每本一角七分钱。我从小学四年级开始买，每一期都买。在此之前出版的《少年文艺》，我没有看过，非常渴望看到，便到前门和西单的旧书店寻找，买到了几本，还远远不全，我渴望看全它们。于是，我来到首都图书馆，那时候的首都图书馆，在国子监的大殿里。

记忆里，那样的清新，清晰。那是初春一个星期天细雨飘洒的上午，我坐在大殿里，借来一本本的《少年文艺》，看得有些累了，瞟了一眼窗外，忽然看见，院子里那一排柳树的枝条是那样的绿。因为枝条上沾满晶莹的雨珠，绿得越发湿润和清新，枝条在风中轻轻摇曳，像在半空中荡漾起了绿色的涟漪。以前，我从来没有见过这样沁人心脾的绿。那时，我刚刚学会了"含泪带啼"这个词，觉得形容眼前的绿挺合适。

那一年，我13岁，一个孩子眼中的绿，带有那种年龄似是而非的心情和感情。即便似是而非，也是最为纯真的。

另一次，是1974年，也是开春时节。那一年，我27岁，刚刚从北大荒调回北京,在一所中学教书。学校在如今南三环外面一点的宋家庄,我家住前门,每天上班,要从前门坐公交车,到永定门倒车,多拐了一个直角,才能到学校。姐夫把他自己的自行车,火车货运给我,免得我来回倒车,方便些,也省点儿钱。那时候,父亲去世不久,家里只有我和老母亲相依为命,经济拮据,生活过得有些捉襟见肘,心里总像霜打过一样,凋零不堪。

第一天骑着自行车上班,出永定门往南两公里左右,再往东拐,便是如今的南三环,那时还只是一条并不宽且很偏僻的马路,路两旁没有什么楼房,显得很清静,也多少有些荒寂。路的两旁种着高大的杨树,那两旁的白杨树,真的很像北大荒的白杨树,只是和北大荒此时的树一样,树枝上光秃秃的,没有一片叶子,只是用粗大的树干,遮掩着后面低矮的平房和尚未返青的田地。

骑在半路上,我忽然看见杨树的下半截身子上面,横斜出一枝很细的树枝,枝尖上伸出了两片树叶,不大,心形,绿得那样清新如洗,那样明亮耀眼。那一眼,让我难忘,甚至有些隐隐的感动,皱巴巴的心,舒展了好多。我忽然感到,再艰难的日子,也有了希望。

事后好久,我总还念念不忘那两片白杨树的绿叶。试想如果叶子不是绿色的,是黄色的,甚至是红色或别的什么颜色的,还会给我这样的慰藉和希望吗?绿色,不是我的女儿色,是我13岁和27岁时候的少年色和青春色。也许,正因为在少年和青春时节,才会那样难忘吧。

赛什腾的月亮

又到中秋节了，不知道柴达木赛什腾山上的月亮，今年和往年是不是一样圆？

赛什腾山应该算是昆仑山的余脉，那时候，在青海石油局的冷湖四号老基地，从哪个井队的位置上都可以望到它。望着它，觉得很近，却是望山跑死马，跑到山脚下，至少要花上半天的时间。

那时候，是指1968年。这一年，北京的初三学生甘京生跟着一批北京的中学生来到冷湖，成为一名石油工人。那时候，他还不到十八岁。就在那一年的中秋节，井队放假，他和几个同学约好，一上午就从四号老基地出发，往那座已经望了大半年的赛什腾山走去。那座每天都会映入眼帘的赛什腾山，在柴达木明亮得有些刺眼的阳光照射下，有时候会如海市蜃楼一般缥缈，让甘京生对它充满无数的想象。甘京生喜欢幻想，或许这是他从小时候就养成的习惯，他喜欢独自一人望着天空或树林或校园里的篮球架遐想联翩。大概和他喜欢读文学的书籍有关，那些书让他常常禁不住心旌摇荡，天马行空。

否则，他不会和同学约好向那座秃山走去。去之前，师傅就对他说过：那山上什么也没有，从来就没有人爬上去过，你去那儿干啥？他还是执意去了，累了一身的大汗，走了整整一个上午，下午一点多的时候才走到山脚边，吃了点东西继续爬，下午四点多的时候，终于爬到了山顶。山上除了有些芨芨草和星星点点的黄色的野花，真的什么都没有，都是一些裸露的灰色石头，仿佛月球的表面，显得那样的荒寂。

但是，甘京生很兴奋，他管这些小黄花叫作赛什腾花，就像老一辈石油人找到了石油把山下那一片井架林立的地方命名为冷湖一样。青春年少能够燃烧激情和幻想，让平凡琐碎的日子焕发出光彩。中秋节的天气在柴达木盆地已经冷了，天黑得也早了。爬上山没有多久，天色就渐渐暗了下来，秋风一吹，有些萧瑟沁凉如水的感觉，同学们都说赶紧下山吧，天再黑下来，下山的路就不好找了。他却坚持要等到月亮出来，好不容易来一趟赛什腾山，又赶上中秋节，没看到月亮怎么行？同学只好陪他一起看月亮。

那是甘京生第一次在赛什腾山看到月亮。那赛什腾的月亮，令他一生难忘。他能说出赛什腾的月亮和北京的月亮有什么不一样吗？他说不清楚，只觉得天远地阔，四周一片荒凉，月亮却和照在北京城里一样，那样浑圆明亮地照在这里没有一点生命气息的石头和萋萋野草，还有他刚刚命名的赛什腾花上。他觉得月亮真的非常伟大，对世界万物，无论尊卑贵贱，无论远近大小，都是一视同仁。

这是第二年我在北京见到甘京生时，他对我说起中秋节爬赛什腾山看月亮时讲的话。那一年夏天,他回北京探亲,专程来家看我,从青海回京的途中,他一路下车,不停游玩,在洛阳看过龙门石窟,他还在那里买了几本旧书,带回来送我。他的这一举动,让我刮目相看,好不容易有了规定好天数的探亲假,还不早早回家,谁舍得把时间浪费在路上,还惦记逛书店,买几本当时看来无用甚至被视为有害的书?他的浪漫之情,和当时的气氛是多么不协调。

那是我第一次见到他。他和我弟弟是同学,又同在冷湖为石油工人,他是受弟弟之托来看我的。那一天晚上,他住在我家,我们抵足未眠,秉烛夜谈,聊了很多,他说这番话时,像一个文艺青年。如今,文艺青年像一个贬义词了,其实,真正成为一个文艺青年,并不容易,他除了具有文艺气质之外,更需要怀抱一颗对生活和对文学真正的赤子之心。这不是装出来的,而是一生的追求。

甘京生难得,是他并不只是在他十八岁那一年心血来潮爬了一次赛什腾山,看了一次中秋节赛什腾的月亮。从那一年开始,每年中秋节他都会爬一次赛什腾山,看一次赛什腾的月亮。二十世纪八十年代,他调到冷湖石油局中学里当语文老师兼班主任。他开始带着他班上的学生,每年中秋节爬赛什腾山,看赛什腾的月亮。那些生在柴达木、长在柴达木、从未出过柴达木的孩子,从来没有特别注意过中秋节的月亮,更没有爬上赛什腾山看月亮的习惯。甘京生当了他们的老师之后,赛什腾的月亮成为他们日记和作文中的内容,成为他们学生时代最美好而难忘的回忆。他让这些孩子看到了虽旷远荒寂却属于柴达木自己独特的美。

甘京生离世已经二十多年了。他是因病去世的,他走得太早。如今,他教过的第一批由他带领爬赛什腾山看月亮的学生,已经四十多岁,他们的孩子到了读中学的年龄。不知道还会有哪一位老师带他们爬赛什腾山看中秋的月亮?

赛什腾的月亮!

那片绿绿的爬山虎

1963年,我上初三,写了一篇作文叫《一张画像》,是写教我平面几何的一位老师。他教课很有趣,为人也很有趣,使我自认为这篇作文也写得很有趣。经我的语文老师推荐,这篇作文竟在北京市少年儿童征文比赛中获奖。当然,我挺高兴。一天,语文老师拿来厚厚一个大本子对我说:"你的作文要印成书了,你知道是谁替你修改的吗?"我睁大眼睛,有些莫名其妙。"是叶圣陶先生!"老师将那大本子递给我,又说:"你看看叶先生修改得多么仔细,你可以从中学到不少东西!"

我打开本子一看,里面有这次征文比赛获奖的20篇作文。我翻到我的那篇作文,一下子愣住了:首先映入眼帘的是红色的修改符号和改动后增添的小字,密密麻麻,几页纸上到处是红色的圈、钩或直线、曲线。那篇作文简直像是动过大手术鲜血淋漓又绑上绷带的人一样。回到家,我仔细看了几遍叶老先生对我作文的修改。题目《一张画像》改成《一幅画像》,我立刻感到用字的准确性。类似这样的地方修改得很多,长句子断成短句的地方也不少。有一处,我记得十分清楚:"怎么你把包几何课本的书皮去掉了呢?"叶老先生改成:"怎么你把几何课本的包书纸去掉了呢?"删掉原句中"包"这个动词,使句子干净了也规范了。而"书皮"改成了"包书纸"更确切,因为书皮可以认为是书的封面。我真的从中受益匪浅,"隔岸观火"和身临其境毕竟不一样。这不仅使我看到自己作文的种种毛病,也使我认识到文学事业的艰巨:不下大力气,不一丝不苟,是难成大气候的。我虽然未见叶老先生的面,却从他的批改中感受到了他的认真、平和以及温暖,如春风拂面。

叶老先生在我的作文后面写了一则简短的评语:这一篇作文写的全是具体事实,从具体事实中透露出对王老师的敬爱。肖复兴同学如果没有在这几件有关画画的事儿上深受感动,就不能写得这样亲切自然。这则短短的评语,树立起我写作的信心。那时我才十五岁,一个毛头小孩,居然能得到一位蜚声国内外文坛的大文学家的指点和鼓励,内心的激动可想而知,涨涌起的信心和幻想,像飞出的一只鸟儿抖着翅膀。那是只有那种年龄的孩子才会拥有的心思。

这一年暑假,语文老师找到我,说:"叶圣陶先生要请你到他家做客!"

我感到意外。像叶圣陶先生这样的大作家,居然要见一个初中学生,我自然当成人生中的一件大事。

那天,天气很好。下午,我来到东四北大街一条并不宽敞却很安静的胡同。叶老先生的孙女叶小沫在门口迎接了我。院子是典型的四合院,敞亮而典雅,刚进里院,一墙绿葱葱的爬山虎扑入眼帘,使得夏日的燥热一下子减少了许多，阳光都变成绿色的，像温柔的小精灵一样在上面跳跃着闪烁着迷离的光点。

叶小沫引我到客厅，叶老先生已在门口等候。见了我，他像会见大人一样同我握了握手，一下子让我觉得距离缩短不少。落座之后，他用浓重的苏州口音问了问我的年龄，笑着讲了句："你和小沫同龄呀！"那样随便、和蔼，作家头顶上神秘的光环消失了，我的拘束感也消失了。越是大作家越平易近人，原来他就如一位平常的老爷爷一样让人感到亲切。

想来有趣，那一下午，叶老先生没谈我那篇获奖的作文，也没谈写作。他没有向我传授什么文学创作的秘诀、要素或指南之类。相反，他几次问我各科学习成绩怎么样。我说我连续几年获得优良奖章，文科理科学习成绩都还不错。他说道："这样好！爱好文学的人不要只读文科的书，一定要多读各科的书。"他又让我背背中国历史朝代，我没有背全，有的朝代顺序还背颠倒了。他又说："我们中国人一定要搞清楚自己的历史，搞文学的人不搞清楚我们的历史更不行。"我知道这是对我的批评，也是对我的期望。

我们的交谈很融洽，仿佛我不是小孩，而是大人，一个他的老朋友。他亲切之中蕴含的认真，质朴之中包容的期待，把我小小的心融化了，以至不知黄昏什么时候到来，悄悄将落日的余晖染红窗棂。我一眼又望见院里那一墙爬山虎，黄昏中绿得沉郁，如同一片浓浓的湖水，映在客厅的玻璃窗上，不停地摇曳着，显得虎虎有生气。那时候，我刚刚读过叶老先生写的一篇散文《爬山虎》，便问："那篇《爬山虎》是不是就写的它们呀？"他笑着点点头："是的，那是前几年写的呢！"说着，他眯起眼睛又望望窗外那爬山虎。我不知那一刻老先生想起的是什么。

我应该庆幸，有生以来第一次见到作家，竟是这样一位大作家，一位人品与作品都堪称楷模的大作家。他对于一个孩子平等真诚又宽厚期待的谈话，让我十五岁那个夏天富有生命的活力，仿佛那个夏天变长了。我好像知道了或者模模糊糊懂得了：作家就是这样做的，作家的作品就是这么写的。同时，在我的眼前，那片爬山虎总是那么绿着。

1991年底于北京

风中的字

我家街对面是潘家园市场，年三十这一天，较往常的人满为患虽然清静了不少，但依然有市声喧嚣，就连便道上都有人摆摊，不过，卖的大都是过年的窗花、对联，也有一些自己书写的书法作品。到黄昏的时候，这些零星的小摊早都收拾好家伙什回家过年了，只有一个人在寒风中坚持着。

这是一个中年人，听口音是河北沧县人，沧县是我的老家，一听就能听得出来，便感到有些亲切。我在马路这边就看见了他，穿着一件枣红色的羽绒服，在便道隔离的栏杆前，他正在弯腰收拾地上摆着的东西。长长一溜儿的便道上，硕果仅存只剩下他一个人，显得格外醒目。在街这边看，他的身前是一座绿色的报刊零售亭，早已经挂上了门板，但绿色的亭子，和他身后白色的栏杆、街树的枯枝、市场灰色的外墙、颜色艳丽的广告牌，这些静物和他组合在一起，构成了一幅画。如果作为新年画，怪有意思的。

我过了马路，除了地上还摊着两幅书法，他已经收拾好了东西，正准备要走。我匆匆瞥了一眼地上的两幅字，一幅隶书、一幅行草，尺幅都不小，没来得及仔细看，只是客气地和他打过招呼，知道卖的都是他自己写的书法作品。问了句今天卖的行情可好。他摇摇头说今儿不行，一幅没卖出去。又问这么晚了回沧县过年吗，他说在北京租有房子，全家今年都在这儿过年了。然后，彼此拜了个早年就分手了。寒风中，看见他的身影，显得有些孤独和凄清，怎么都感觉像是巴金《寒夜》里的人物。

办完事，我原路返回，天已经彻底黑了下来，路灯早亮了，倒悬的莲花一般，盛开在寂静的街道旁。路过报刊零售亭的时候，忽然看见门板上贴着两幅书法，在街灯的映照下，白纸黑字，非常打眼。看出来了，是刚才那个中年男人摊在地上的那两幅字，一幅隶书、一幅行草。仔细一看，隶书是4个横写的大字：龙马精神。行草是四句诗："箫鼓追随春社近，衣冠简朴古风存。从今若许闲乘月，莫笑农家腊酒浑。"我禁不住莞尔一笑，字虽然写得一般，但觉得有点儿意思。两幅字都和春节相关呢，一幅为马年祝福而写，一幅为春天到来而写。后一幅，是放翁诗的改写，改得风趣有神，有点儿功夫，并非等闲之辈。

这位老兄，一天没有卖出去一幅字，却索性把这两幅字留了下来，贴在报亭上，留给人观赏，也留于风抚摸，和即将燃放的鞭炮欢庆。这是他心情的宣泄，也是他拜年的特殊方式，是个不错的创意。既然清风朗月不用一文钱买，那么，白纸黑字也可以无须一文钱卖，和大自然交融，一起过年迎春，是一种别样的境界呢。到潘家园来卖字画的人，多如过江之鲫，如他这样有如此创意的人，我还真的没有见过。

只是担心，不知道这两幅字能否熬过大年夜，明天一早，人们出门到各家拜年的时候还能否看得到？走过马路，禁不住回头又望了望，寒风吹过，邮亭上的那两幅字在猎猎地抖动。

2014 年 2 月 4 日立春于北京

等那一束光

老顾是我的中学同学，又一起插队到北大荒，一起回北京当老师，生活和命运轨迹基本相同。不同的是，他喜欢浪迹天涯，喜欢摄影，在北大荒时，他就想有一台照相机，背着它，就像猎人背着猎枪，没有缰绳和笼头的野马一样到处游逛。他攒钱买照相机，成了那时的梦。

如今，照相机早不在话下，专业成套的摄影器材，以及各种户外设备包括衣服鞋子和帐篷，应有尽有。退休之前，又早早买下一辆四轮驱动的越野车，连越野轮胎都已经备好。万事俱备，只欠东风，只要退休令一下，立刻动身去西藏。这是这些年早就盘算好的计划，成了他一个新的梦。

他就是这样一个人，我说他总是活在梦中，而不是现实中，便总是事与愿违。现实是，他在单位当一把手，因为后任总难以到位，过了退休年龄三年了，还不让他退。他不是恋栈的人，这让他非常地难受，这三年他任劳任怨。终于，今年春节过后，让他退休了。这时候，我们北大荒老知青要编一本回忆录，请他写写自己的青春回忆，他婉言拒绝，说他不愿意回头看，只想往前走，他现在要做的事不是怀旧，而是摩拳擦掌准备夏天去西藏。等到夏天，他开着他的越野车，一猛子去了西藏，扬蹄似风，如愿以偿。

终于来到了他梦想中的阿里，看见了古格王朝遗址。这个七百年前就消失的王朝，如今只剩下了依山而建的土黄色古堡的断壁残垣，立在那里，无语诉沧桑般和他对视，仿佛辨认着彼此前生今世的因缘。正是黄昏，高原的风有些料峭，古堡背后的雪山模糊不清，主要是天上的云太厚，遮挡住了落日的光芒。凭着他摄影的经验和眼光，如果能有一束光透过云层，打在古堡最上层的那一座倾圮残败的宫殿顶端，在四周一片暗色古堡的映衬下，将会是一幅绝妙的摄影作品。他禁不住抬起头又望了望，发现那不是宫殿，而是一座寺庙，在白色、青色和铅灰色的云彩下，显得几分幽深莫测，分外神秘。这增加了他的渴望。

他等候云层破开，有一束落日的光照射在寺庙的顶上。可惜，那一束光总是不愿意出现。像等待戈多一样，他站在那里空等了许久。天色渐渐暗下来，他只好开着车离开了，但是，开出了二十多分钟，总觉得那一束光在身后追着他，刺着他，恋人一般不舍他，鬼使神差，他忍不住掉头把车又开了回来。他觉得那一束光应该出现，他不该错过。果然，那一束光好像故意在和他捉迷藏一样，就在他离开不久时出现了，灿烂地挥洒在整座古堡的上面。他赶回来的时候，云层正在收敛，那一束光像是正在收进潘多拉的瓶口。他大喜过望，赶紧跳下车，端起相机，对准那束光，连拍了两张，等他要拍第三张的时候，那束光肃穆而迅速地消失了，如同舞台上大幕闭合，风停雨住，音乐声戛然而止。

往返整整一万公里，他回到北京，让我看他拍摄的那一束光照射在古格城堡寺庙顶上的照片，第二张，那束光不多不少，正好集中打在了寺庙的尖顶上，由于四周已经沉淀一片幽暗，那束光分外灿烂，不是常见的火红色、橘黄色或琥珀色，而是如同藏传佛教经幡里常见的那种金色，像是一束天光在那里明亮地燃烧，又像是一颗心脏在那里温暖地跳跃。

不知怎么，我想起了音乐家海顿，晚年时他听自己创作的歌剧《创世记》，听到"天上要有星光"那一段时，他蓦地从座位上站起来，指着上天情不自禁地叫道："光就是从那里来的！"在一个越发物化的世界，各种资讯焦虑和欲望膨胀，搅拌得心绪焦灼的现实面前，保持青春时分拥有的一份梦想，和一份相对的神清思澈，如海顿和我的同学老顾一样，还能够看到那一束光，并为此愿意等候那一束光，是幸福的，令人羡慕的。

2011 年 11 月 2 日于北京

风中华尔兹

那天的晚上，风很大，公共汽车站上没几个人等车，车好久没有来，着急的人早打的走了，剩下的人有些无奈。这时候，走过来一个姑娘，黑暗中看不清她的面孔，但个头高挑，身材苗条，穿着一条长摆裙子，还是很养眼。但公共汽车并没有因养眼的姑娘的到来而提前进站，等车的人们还在焦急地望眼欲穿，有人在骂街了。

不知这位高个的姑娘是刚逛完商厦，还是刚赴完晚宴，或是刚刚下班，总之，她显得神情愉悦，一点也不着急，竟然伸展修长的手臂，在站牌下转了两圈。是几步华尔兹，风兜起她的长裙，旋转成了一朵盛开的花，汽车站仿佛成了她的舞台。

这一幕，留给我的印象很深，记得那一晚的站牌下，对这位突然情不自禁地跳起华尔兹的姑娘，有人欣赏，有人侧目，有人悄悄说神经病。我当时想，同样的夜晚，同样的大风，同样的焦急，人家姑娘的华尔兹，能够在自娱自乐之中化解焦灼，是本事，也是一种平和的心态。

有一天，我路过我家附近不远的一个小区，小区的大门口有一间不大的收发室,收发室的窗前挂着一块小黑板,黑板上密密麻麻地写着几门几号有挂号信,几门几号有汇款单,无论是阿拉伯数字,还是汉字,都写成斜体的美术体,分外醒目。一笔一画,一丝不苟,写得正经不错。走过那么多的小区,还从没见过哪里的收发室前的小黑板上有这样好看的美术字呢。

有意思的是,我看见收发室里坐着的一个小伙子,正拿着支笔,正襟危坐,往纸上写着什么。好奇心驱使我走了过去,和小伙子打招呼,一看他正在练美术字,双线镂空的美术字,满满地写在了一张废报纸上。我夸他写得真好,他笑着说天天坐在这里没事,练练字解闷呗。

其实,解闷的方法有多种,喝喝小酒,看看电视,下下棋,都可以解闷。小伙子选择了写美术字,即使往小黑板上写邮件通知,也要用美术字写得那样整齐、那样好看,就像学校里出板报一样正规。我对这个小伙子心生敬意,因为并不是什么人都有他这样的本事,能够将日常琐碎的事情做得如此赏心悦目,让自己看着,也让别人看着,那么舒服。

曾经在网上看到浙江湖州一位叫作李云舟的小伙子,和我见过的这个小区用美术字写黑板的收发小伙子,有异曲同工之妙。李是一个小区的保安,他向他的主管提了好多建议,都没有被采纳,一气之下,不干了。不干了,他的辞职信写得不同一般,竟然是用文言文的赋体形式写成。你可以说他怀才不遇,你也可以指出他的赋有这样那样的毛病,但你不得不承认,那赋古风悠悠,洋洋洒洒,有典故,有文采,还有他的抑制不住的心情,或者那么一点自尊和自命不凡。于是,这篇赋体的辞职信迅速在网上走红，而李被称之"湖州第一神保"。也可以这样说，这是中国第一赋体的辞职信呢，简称："中国第一赋辞。"

　　生活中，并不是每天都会下雨，也不是每晚都出星星；花好月圆总是属于少数人，月白风清总是属于幸运儿。大多的人，大多的日子，却是庸常琐碎、寡淡无味，甚至会有许多苦涩和不如意，怀才不遇的折磨会更多。能够如这两位小伙子，即使写再平常不过的邮件通知，也要写成与众不同的斜体美术字；即使写再卑微不过的辞职信，也要写成一唱三叹的赋体。我想，这也许就是我们常常说的一种对生活的态度吧？是古诗里说的，行到水穷处，坐看云起时；是罗大佑唱过的：胜利让给英雄们去轮替，真情要靠我们凡人自己努力；是那位大风里焦急候车的姑娘，将生活化为华尔兹，让哪怕是滋生出来那一点点的艺术，也会有一点点快乐，温暖我们自己的心吧？

芝加哥奇遇

我觉得，那应该算是一次奇遇。

那天，去芝加哥交响乐团音乐大厅听他们演奏海顿的大提琴音乐会，在芝加哥大学前的海德公园那站赶公共汽车，紧赶慢赶，还是眼瞅着车门旁若无人般"砰"的一声关上，车屁股冒出一股白烟跑走了。只好等下一辆，心里多少有些懊恼。就在这时候，慢悠悠地走过来一位老太太，满头银发，身板挺拔，精神矍铄。我没有想到，下面是音乐会演出之前，老天特意为我加演的一支序曲。我应该感到庆幸没有赶上那辆车，否则，将和这位老太太失之交臂，便也没有了这次奇遇。

等车的只有我和老太太，闲来无事，便和老太太聊起天，偏巧老太太也是爱说的人，一起打发漫长的等车时间。老太太是德国人，一开始和丈夫在爱沙尼亚工作。"二战"之后，爱沙尼亚被苏联占领，一直到1952年，她和丈夫才有机会离开那里，来到美国。丈夫研究生物学，在芝加哥大学当教授，后来又当了系主任。老太太便落地生根一般，一直住在了芝加哥，再没有动窝。

一边听着，心里一边暗暗算着，老太太得有多大年纪了？从来芝加哥到现在就已经过去了五十八年,再加上在爱沙尼亚工作的时间,起码有八十多岁了。可看老太太的样子,哪里像呀。我们这里八十多岁的老太太,谁还敢再挤公共汽车?尽管一般不问外国女人的年龄,我心里的疑问还是忍不住地问出了口,老太太的回答让我叹为观止,老天,她竟然整整九十岁了,这简直有点像是老树成精了。

她看出来我的惊讶,连说"我是1920年生人",天真地证明着自己,绝对没有错。我忙说:"没想到您的身体保养得这样好。"她笑着摆摆手说,不是保养,是常常听音乐会的结果。

原来,我们是同道,都是去听芝加哥交响乐团的海顿大提琴音乐会。一下子,涌出同是天涯爱乐人,相逢何必曾相识的感觉。心里一个劲儿地想,这个世界上还有几个九十岁的老太太,能够有如此的兴致,身板如此硬朗,大老远地挤公共汽车去听一场音乐会?不敢说是绝无仅有的奇迹,也实在是难得一遇的奇遇。

车一直没有来,让我们多了一些交谈的机会。我知道了,老太太一生中最大的爱好就是音乐,芝加哥交响乐团是陪伴她半个世纪的朋友,从库贝利克到索尔蒂到巴伦博伊姆,几任指挥走马灯一样轮换,她对乐团却葵花向阳一般始终如一,每年在它的演出季里挑选自己钟爱的音乐会,挤公共汽车去听,是她这些年的坚持。听到这里,我对老太太肃然起敬,无论什么事情,能够坚持这么长时间,就都不是一件简单的事情了。许多的经历,一次两次,也许说明不了什么问题,但坚持下来,放在人生的长河里,能随着时间一直流淌至今,即使穿不起一串珍珠,也穿起了属于自己最珍贵的记忆。尤其到了老太太这样的年纪，人和人之间显现出来的差别，不在于地位、房产或儿孙的荣耀，除了身体，最主要的就是能够拥有属于自己的回忆，这是一笔无人企及的最大财富。

不过，老太太也有属于自己的遗憾，那就是丈夫的工作忙，这辈子没有陪她听过一次音乐会。如今，丈夫早已经先她而去，她依然坚持自己一个人去听音乐会。她对我说，丈夫虽然没法陪她听音乐会，但一直都特别高兴她去听音乐会，每一次听完音乐会回到家里的时候，丈夫总会听她讲讲音乐会的情景，便也和她一起分享了美妙的音乐，成为最难忘的时光。本来说好的，丈夫要陪她听一次音乐会的，票都提前订好了，丈夫却住进了医院，再也没有起来。

是莫扎特。老太太没有告诉我是哪年的事情，只告诉我要听的是莫扎特的音乐，话音里并没有什么特别的哀伤，核桃皮一样的皱纹覆盖的眼睛里闪着亮光，那里面也许更多的是回忆和怀念吧。我猜想，在没有丈夫的日子里，听音乐会不仅成为老太太爱乐的一种习惯，也成为她和丈夫相会的一种方式。

车来了，我要搀扶她，她却很硬朗地一个人上了车。这一晚的音乐会，是我听过的音乐会中最奇特的一次。因为有了老太太奇特年龄和奇特经历的加入，就像在乐谱里加入了奇特的配器，在乐队里加入了奇特的乐器一样，让海顿的大提琴多了一层与众不同的韵味。觉得特别低沉的大提琴，那么像是一位饱经沧桑却又保持一腔幽怀的老人。

乱星的吟唱

　　总想象着这样的一种情景：一个放学后的下午，坐在教室的窗台上读书，四月的阳光碎金子般地洒在你的书上和身上。忽然，走过来一个人，陌生的人，招呼着你，说来吧，跟我们一起唱歌去吧。于是，你就跳下了窗台，跟着走了，跟着他背着一把木吉他走了，把教室、同学、老师和那四月春日的阳光都抛在身后。

　　也许，我确实老了，如果是我，我不会跟着他走，去舍弃正要考大学的宝贵时光。跟着一个陌生的人，背着木吉他走？那个陌生人，你了解吗？会不会是大灰狼，专拣妈妈不在家的时候来敲门？而吉他能够是我一生安身立命之本吗？

　　但我还是感动那个跟着陌生人走的年轻人。背着木吉他，再旧再破，是自己喜欢的，哪怕未来的路一片迷茫，毕竟有了那么一次奋不顾身。也许，只有年轻，才会有这样的唐突与随心所欲，抽刀断水的决绝、梦想和想当然。从窗台上跳下来，那动作便是那样年轻，充满着弹性，淬火般地迸溅出青春的火花。

　　跟着陌生人走的叫作霍普·桑多瓦尔（Hope Sandoval）。她当时正在读高中。她就那样不计后果地抛弃了大学，自己选择了前程——那便是摇滚。她的单纯与青春，梦想和轻信，还有那一头披肩的棕色长发和一双迷人的蓝眼睛，去和未可知的摇滚相逢。她就像是一头梅花小鹿，一起步就跑得很快，蹦蹦跳跳跑向远方，她一定以为前面有为她准备好的透明的池塘，水面上覆盖着一片蓝天白云和落花点点。

陌生人叫作戴维·罗巴克（David Roback）。他是一个成熟的男人，为他引见桑多瓦尔的，是他"猫眼石"乐团（Opal）的女歌手兼贝斯手肯德拉·斯密斯（Kendra Smith），她是桑多瓦尔的老朋友。有意思的是，在一次巡回演出中，斯密斯和罗巴克不欢而散，离开乐团独自出走了。不知是什么原因，会是因为桑多瓦尔？反正是小个子的桑多瓦尔正好顶替了斯密斯的位置，和罗巴克一起把乐团的名字改成了"乱星"（Mazzy Star）。桑多瓦尔的歌喉，罗巴克的木吉他，相得益彰，高山流水一样，配合得那样和谐，你唱我弹，真有点"小红唱歌我吹箫"的意思。

一年之后，1990年，他们合作出版了第一张专辑《她辉煌的自缢》（台湾的翻译比这个名字优美，叫作《明月高曝悬》）。他们迅速地走红，惊艳撩人。

想想，这实在有点像是三角关系的青春剧，背景渲染着优美动听的迷幻音乐，身后是英格兰平铺天边的青青草原。而且是跨国之恋，因为罗巴克是美国人，桑多瓦尔是英国人。有点儿像韦唯和她的白头发的老公迈克尔，只是罗巴克没有迈克尔那样老。桑多瓦尔便一定比纳博科夫笔下的洛丽塔要美丽。

这么一说，他们的音乐有点脂粉气。其实，对于他们两人之间的关系，外间猜测得热闹，他们却是讳莫如深，他们拒绝关于他们的一切采访，包括音乐在内。因为他们的音乐都在他们的木吉他和歌声里了，留给人们的只是想象的空白。

他们的作品不多，十年的光景，一共出版了三张专辑，除了《明月高曝悬》，还有《今晚我才了解》（1993年）和《天鹅》（1996年），却是款款动听。他们的唱片的封套都印得很古典，不做另类花哨的那种。《明月高曝悬》，是蓝色调子的旋转楼梯的一角，可以看到古典式的壁炉。《今晚我才了解》，是玫瑰色的老式花环图案。《天鹅》，更简单，一帧白色天鹅的剪纸，无奈地垂着头，凄婉地扑打着翅膀，有点圣桑那曲《天鹅》的意思。

十来年过去了，高中生的桑多瓦尔早已经长大，只是她的声音还是那样显得很小的样子，还像是高中生，甚至更小，似乎没有长开。那种稚气未脱的清纯，鼻音有点浓重的沉郁，舒缓的调子，轻松的韵律，甘甜也有些干涩的嗓子，有些感伤，也有些懒散，像是刚刚起床，就那样赤着脚、穿着睡衣，依在窗台旁或院子的树旁，随意地唱着，像是对着树上的小鸟喃喃地自语，像是对着地上的蚂蚁率真地诉说，有时也像是对着一地花儿催眠般地轻轻吟唱。有几分可笑的童话般的天真，也有几分莫名其妙的低迷，能够让你吃了迷幻药似的昏昏欲睡，也能够让你随她梦游星光璀璨的太空。

她的歌声总让我觉得像她身上穿着的亚麻布的裙子，虽然我根本不知道她穿的是什么衣服，但我觉得对于她，亚麻布一定要比其他的比如丝绸或者法兰绒都要合适。亚麻布没有丝绸或法兰绒那样厚重高贵、平滑细腻，却轻盈飘逸，还有那种独有的粗粗扎手的手感，以及本来就具有的草地里的清新和被阳光晒暖过的气息。

音乐作得极妙，配合她的歌声，就像是配她赤脚下湿漉漉的草地，配她喃喃自语时头顶蔚蓝的天空，配撩起她亚麻布裙裙摆的早晨温柔的习习轻风。木吉他单调地响着，如同寂寞无着的相思，间或地滑弦，惊鸿一瞥似的，打破水面的涟漪立刻又恢复了平静。弦乐密密雨雾一样，在远处弥漫着，细雨迷蒙，沾衣欲湿，那种黄梅天黏糊糊的感觉，恰到好处地显示了如醉如仙的优雅和浪漫，配她那冷美人一样的歌声，是那样合适，一样地凄美哀绝，有点"一地相思，满腔无奈"的感觉。口琴声吹得那样让人伤感，最是一年春好处，子规声里雨如烟。突然出现的钟铃声，清脆得像是启明星升起在鱼肚白色的晨曦里，是那样美不胜收。

桑多瓦尔应该感谢罗巴克的音乐，最大能量地发挥了她的潜质。这位来自美国二十世纪八十年代新迷幻音乐的先驱人物，对女性歌手有着一种天然的敏感力和创造力，他就像是一个经验丰富的养蜂人，从他蜂箱里放飞出的蜜蜂都是蜜的使者。他让她们的歌声蜜一般甜而为人所倾倒，他同时让后朋克的刚烈激愤中多了一抹阴柔的平衡。与他合作的"猫眼石"乐团的肯德拉·斯密斯，"手镯"（Bangles）乐团的苏珊娜·霍夫斯（Suanna Hoffs），都是成功的女歌手。桑多瓦尔是他放飞的又一只甜美的蜜蜂，可能更精心也更用心。没有罗巴克为她度身量衣的贴身式音乐制作，也许，桑多瓦尔还只是一个矮矮个子漂亮的高中生。

我那年到台湾去的时候,发现那里喜欢"乱星",喜欢桑多瓦尔和罗巴克的。因为是在去之前刚刚听了"乱星",所以格外留意对他们的评价。他们的第一张专辑《明月高曝悬》在台湾首发时,写着这样的一则侧标:"这是一张令人联想到雷奈电影《去年在马伦巴》的作品。"他们的《天鹅》在台湾首发时,又写着这样的一则侧标:"非主流、非另类的,且自成一格的前卫组合。"对他们极尽称赞之意。那一阵子,台湾正在大选,闹腾腾的,他们的音乐显得那样不协调,但还是有那么一批人喜欢他们的音乐,以此平衡着尘世的喧嚣。

回到北京,重新拾起"乱星",又听到桑多瓦尔的歌声,又听到罗巴克的木吉他,心里总忍不住想,我们这里谁喜欢他们呢?而他们又是站在闹市哪一个街口的拐弯处,唱着朴素沉郁的歌、弹着凄美伤感的木吉他,在等着我们呢?

2002年初于北京

听民谣小札

在流行音乐中，我喜欢听民谣。一个人，一把吉他，就那样简单得不能再简单地吟唱。单纯的歌声，单纯的吉他，没有什么杂音，没有什么杂念，有些慵懒，甚至有些信马由缰、散漫无章，一任水从罐子里淌出，流湿了一地，甚至濡湿了自己的脚，还是那样唱着，弹着。歌声有些单调，反复着一种至死不渝的旋律；吉他有些醉意似的，晃晃悠悠的声音，炊烟一样袅袅飘荡在空中；眼睛望着远方，焦点却不知散落在哪里，一片迷茫，如同眼前的草地里的草在风中和阳光中疯长，摇曳的草叶间翻转着一闪即逝的微弱的光斑。

而且，民谣歌手，没有眼下一些歌手选秀大赛中的浮华之风；没有那种比赛着恨天怨地的大幅度动作；没有那鲜亮的服装，夸张的服饰；没有那些龙腾虎跃，搔首弄姿；没有那些大飙高音，甚至海豚音，似乎唱歌就得像卖东西，谁吆喝得嗓门儿高谁的就好。无论歌手，还是听众，似乎已经不会静静地，好好地唱歌，好好地听歌。朴素的装束，朴素的声音，和朴素的唱风，一起在沦落。

只有民谣歌手，如莲出清水，如月开朗天，吹来一缕难得的凉爽清风。民谣歌手,让人听着舒服,看着舒服,让人觉得,在这个越来越喧嚣浮华奢靡的世界,朴素,喃喃自语般的声音,即使微弱,还是需要的。

民谣不是民歌,尽管它们拥有民歌的元素。民歌,是历史遥远的回声;民谣则是对民歌的借尸还魂——当然,这只是比喻,民谣的生命力旺盛,一直活力四射于今天。只不过是想说,民谣更多的是介入现实的生活之中,带有今天的地气和烟火气。

最近一些年,听我们国内的民谣不多,但我喜欢并敬重那些坚持民谣吟唱的歌手。在市场和手机视频音频的双重冲击下,在电视台歌手选秀节目的名利诱惑下,还能够坚持并以坚韧的创作力艰难生存的这种民谣歌手,已经被淘洗得所剩不多,他们的生存状态以及衍生的创作生态,都极其不容易。唯其不易,才让我越发地珍重。

在这些民谣歌手中,朴树和赵雷,是我很喜欢的两位。

偶尔听到赵雷的《成都》,很喜欢他那种漫不经心的低声吟唱,觉得那歌声的旋律简单不造作,是从心底里自然而有节制地流淌而出,词曲咬合得自然熨帖,吉他的伴奏也不炫技地喧宾夺主,而和歌声肌肤相亲,水乳交融,是地道的民谣。他的歌词也极其朴素,大白话中道出真情,流露出庸常生活中那一点难得的诗意,朴素而情真,而不是那种花式的满口玲珑。"和我在成都的街头走一走,直到所有的灯都熄灭了也不停留;你会挽着我的衣袖,我会把手揣进裤兜;走过玉林路的尽头,坐在小酒馆的门口⋯⋯"尽管吟唱的还是年轻人的情思与生活的丝丝缕缕,却在寻常街景情态中捕捉到况味人生的动人之处,让人可以会心会意。

朴树的《清白之年》，我更加喜欢，更让我感动，它的曲风和歌词，都清澈如一潭绿水，却能静水流深，映彻云光天色。歌里唱道："我情窦还不开，你的衬衣如雪。盼着杨树叶落下，眼睛不眨；心里像有一些话，我们先不讲，等待着那将要盛装出场的未来。"写得不错，唱得更好。尤其是"盛装出场的未来"那一句，透露出朴树的才华。那是一种美好的向往，或者是一个憧憬和梦想。这个"盛装出场的未来"，只有青春时节衬衣如雪，只有白杨树叶纷纷落下，才和它遥相呼应，背景吻合，将写意的心情和线性的时间叠印交织，它才会不时地隐约出现，如惊鸿一瞥，魅惑诱人；如青蛇屈曲随身，又咬噬在心。

当然，如果这首歌唱的只是这些，尽管有一个"盛装出场的未来"的句子，也只是一道漂亮的彩虹，会瞬间消逝。幸亏它还有下面的歌唱："数不清的流年，似是而非的脸，把你的故事对我讲，就让我笑出泪光。""就让我笑出泪光"，不算是朴树的水平，但老眼厌看南北路，流年暗换往来人，看过那些似是而非的脸之后，还愿意倾听"你的故事"，一丝未散的温情之中，多了几许无言的沧桑。

接下来，他唱道："是不是生活太艰难，还是活色生香，我们都遍体鳞伤，也慢慢坏了心肠。"舒缓而轻柔的吟唱之中，唱得真是痛彻心扉。在我们司空见惯的怀旧风里，暮然高峰坠石，即使没有砸到我们，也会让我们惊吓一阵。这句词是崔健在《新鲜摇滚》里唱的"你的激情已经过去，你已经不是那么单纯"的变奏，比崔健唱得更加锐利——不再单纯，和坏了心肠，两者悬殊，朱碧变易，一步跨过了一条多么宽阔的河，分野出前浪与后浪。这是这首歌的核儿，一枚能够扎进我们心里的刺，看谁敢正视，看谁又敢拔出。

《清白之年》，在这里才显示出题目之中"清白"二字的尖锐意义。有了这句歌词，让这首歌变得不那么千篇一律地庸常。相比赵雷的《成都》，显然从街的尽头而更上层楼。只是结尾收得太稀松平常："时光迟暮不返，人生已不再来。"但收尾的笛子吹得余音袅袅，替他弥补了许多。

尽管如朴树、赵雷这样的歌手依然顽强不歇，却掩盖不住如今的民谣无可奈何沦落的现实。这让我很是惋惜。除了客观世界的残酷现实，民谣歌手自身存在的问题，其实也是值得躬身思味的。以我听民谣浅显的历史看来，起码有这样几点，显示了民谣自身的先天不足。

一是题材局限，格局不大。缅怀青春，男欢女爱，风花雪月的过多，而且，即使这样常见也是为众人所喜爱的题材，如朴树和赵雷这样能将之唱出味道的歌手，也不多见。我们的民谣，除了周云蓬在《中国孩子》中，对当年克拉玛依大火中丧生的孩子唱出过沉重的声音，很少见对现实果敢的介入，表达对现实的态度，对世界的发言，而大多躲在南山南，或北海北。我们更愿意沉湎于大理的风花雪月。

所以，我们难以出现如鲍伯·迪伦一样的民谣歌手，更不会如鲍伯·迪伦一样能够从二十世纪六十年代，坚持唱到现如今，整整半个多世纪。同其他流行音乐相比，民谣不属于年轻的专利，它可以寿命长久，鲍伯·迪伦就是例子，更是榜样。

在鲍伯·迪伦最鼎盛的二十世纪六十年代，他敏锐地感知着六十年代的每一根神经，面对六十年代所发生的一切，他都用嘶哑的嗓音唱出了对于这个世界理性批判的态度和情怀：1961年，他唱出了《答案在风中飘》和《大雨将至》，那是民权和反战的战歌；1962年，他唱出了《战争的主人》，那是针对古巴的导弹基地和核裁军的正义的发言；1963年，他唱出了《上帝在我们这一边》，那是一首反战的圣歌；1965年，他唱出了《像滚石一样》，那是在动荡的年代里漂泊无根、无家可归的一代人的命名……

在六十年代，他还唱过一首叫作《他是我的一个朋友》的歌。他是在芝加哥的街上，从一个叫作艾瓦拉·格雷的盲人歌手处学来的，他只是稍稍进行了改编。那是一首原名叫作《矮子乔治》流行于美国南方监狱里的歌。这首歌是为了纪念黑人乔治的，乔治仅仅因为偷了70美元就被抓进监狱，在监狱里，他写了许多针砭时弊的书信，惹恼了当局，竟被看守活活打死。鲍伯·迪伦愤怒而深情地把这首歌唱出了新的意义，他曾经一次以简单的木吉他伴奏清唱这首歌，一次用女声合唱做背景重新演绎，两次唱得都是那样情深意长感人肺腑。他是以深切的同情和呼喊民主自由和平的姿态，抨击着弥漫在六十年代的种种强权、战争、种族歧视所造成的黑暗和腐朽。

六十年代，他还唱过一首更为众人所知的有名的歌《答案在风中飘》："一个男人要走多少路，才能被称为男人；一只白鸽要飞越多少海洋，才能够在沙滩入眠；炮弹还要发多少次，才会被永远禁止……"对这个动荡强悍的世界，鲍伯·迪伦这样发自思想深处的天问的歌词，穿越半个多世纪，依然唱响在今天。

我们从鲍伯·迪伦那里学会了从木吉他改用电吉他，却始终还是没有寻找到民谣力量存在的真正答案，而让我们的民谣还是在风中飘。我们不再像滚石一样了，不再重返61号公路了，我们只是站在午夜成都的街头，看着所有的灯都熄灭了，看着人群熙熙攘攘却过尽千帆皆不是，而只能走到街的尽头，坐在小酒馆的门口。

二是文学性欠缺，歌词太水。这样的先天不足，即使是这两年传唱不错的一些民谣，也常常存在。《董小姐》中"爱上一匹野马，可我的家里没有草原"，《南山南》中"他不再和谁谈论相逢的孤岛，因为心里早已荒无人烟"，都显得有些作文的痕迹。不说"野马"和"草原"，"孤岛"和"荒无人烟"的比喻并不新鲜，就是这两首不同的歌中的这两句歌词的句式，都是悖论式的转折，竟那样相同，便可以看出我们的民谣缺乏文学的积累和训练，而显得有些捉襟见肘。

《奇妙能力歌》的歌词，写得要干净爽朗，一唱三叠，韵味十足。只是，"我看过沙漠下暴雨，看过大海亲吻鲨鱼，看过黄昏追逐黎明——没看过你"，每一叠里，这样的重复吟唱的句式，运用的依然是悖论式的转折。

《理想三句》的歌词："时光匆匆独白，将颠沛磨成卡带；已枯倦的情怀，踏碎成年代……"词句精心构制，多重比喻意象叠加，却显得作的痕迹刻意而明显。只要和朴树的《清白之年》相比，便可以看出差异。《清白之年》中的白杨和白衬衣，也是意象，比"卡带"和"独白"要自然贴切得多。《清白之年》也抒发了"未来"

这样的年代感,但"盛装出场"的比喻,要比"磨成"和"踏碎"形象动人;同样寄托着情怀,却将情怀抒发得不那么直白。

其实,现代诗中有不少是民谣风的,特别是一些打工者紧密贴近现实与心境的诗中,极其适合改编成民谣的,但我们的民谣歌手不是对其视而不见,就是根本没有看到。我们的民谣歌手,需要和诗人结盟,借水行船,而不能止步于浅表层的口语化的甚至是口水化乃至犬儒化的表达。

美国前辈民谣歌手伍迪·格思里,他曾经是鲍伯·迪伦崇拜的老师。在他的经典民谣《说唱纽约》中,有这样两句歌词,让我很是难忘,一句是"我吹起口琴,吹得撕心裂肺,只为每天得个一块钱",一句是"很多人餐桌上的食物不多,他们却拥有很多刀叉"。前一句,在写实的平易中,集中撕心裂肺的那一点上,道出吹琴者的心酸。后一句,在写意的对比中,让歌词溢出生活之外,给我们一些社会与人生的遐想和反思。我们缺少如伍迪·格思里这样的文学素养,便缺乏这样生活的提炼。将司空见惯的生活感受化为诗和哲思,便容易满足于生活的琐碎,以为卤煮和杂碎汤就是北京小吃的化身,以为琐碎就是民谣的精髓,再找一点儿花花草草和大而无当的形容词的点缀,和心情感情碎片涟漪的荡漾,便以为是诗一样的歌词。我们满足于小打小闹。

三是风格单调,缺少对民歌的学习和借鉴。阿兰·鲍尔德在他的《民谣》一书中说:"真正的民谣是一种口头现象,是依靠保存在不依靠文字的民众口舌之间的一种叙事歌。"也就是说,民间口头传唱的歌，更具有草根性，也是民谣最重要的特点和源泉之一。前些年，有一位民谣歌手叫苏阳，他的民谣典型学习的是宁夏花儿小调。这种花儿小调，便是"不依靠文字的民众口舌之间的一种叙事歌"。浅吟低唱中，像在一杯清凉的井水中又加上了棱角分明的冰块，越发地透心凉的感觉，清冽而爽朗，犹如西北辽阔田野上空那一直能够连接着地平线的莽莽长天，风格格外明显动人。

听苏阳的《贤良》中的那鼓声，听《劳动与爱情》中那板胡，虽然只是点缀，真的听得让人心动，有种想哭的感觉。这是只有西北的音乐元素，苍凉，粗放，随意，漫不经心，赤裸着脊梁，晒黑了脸庞，云一样四处流浪，风一样无遮无拦，草一样无拘无束，紫外线一样，刺青一般暗暗地刺进你的肤色之中。

这两首民谣，《劳动与爱情》唱的是农民工："太阳出来照街上，街上走着一个吊儿郎，卷起这铺盖我盖起这楼，楼高十层我住在地上。东到平罗麦子香，西到银川花儿漂亮，人说那蜜蜂最勤劳，我比那蜜蜂还要更繁忙……"特别是那句"卷起这铺盖我盖起这楼，楼高十层我住在地上"听得让我感动，虽然只是楼和人浅显的对比，但无奈的辛酸，残酷的现实，唱得那样朴素而真切。

《贤良》唱的是三娘教子一类事，却将传统的唱法反串成现实的寓言："一学那贤良的王二姐，二学那开磨坊的李三娘。王二姐月光下站街旁，李三娘开的是个红磨坊，两块布子做的是花衣裳……"这种一唱三叠的方法，明显是民谣的影子甚至翻版，只不过，再不是当年的三娘断机织布，教子学业有成成才成人，而是让孩子去站街叫卖皮肉生意。每段后面都有一段副歌，唱的是"你是世上的奇女（男）子呀，我就是那地上的拉拉缨。我要给你那新鲜的花儿，你让我闻到了刺骨的香味儿"。如此刺鼻刺骨，我们以为的"堕落"，他们的父母却认为是一种"贤良"。

这两首歌明显都直接借鉴了民间说唱的样式，宁夏花儿小调的曲风非常浓郁、地道。可惜，如今，苏阳不见了，这样认真而有意识向民歌学习的民谣也少见了。

其实，我们国家多民族，拥有多少不同民族风格的美妙的民间小调呀，我们的音乐里以前并不缺少这样的民谣小调，周璇唱的《四季歌》等那些歌，阿炳拉的《二泉映月》那样的二胡曲，王洛宾改编的那些新疆民歌，应该都属于那样的小调，至于陕北信天游里的酸曲，内蒙古的长调短调，还有青海的花儿，东北的二人转，其中不少都是这样的小调。可是，在民谣中，我们现在已经不怎么能够听得见了。

苏阳的歌里，曾经有这样的几句歌词："我要带你去我的家乡，那里有很多人活着和你一样，那里的鲜花开在粪土之上，干枯的身子埋在地下，像草一样。"我非常喜欢这句歌词，谈到民歌，就像"鲜花开在粪土之上"一样，民间或来自底层的民歌，似乎有一种更粗野、更直露的美学，或民间逻辑，而这正是矫情乔装之后的民谣中所少有的，甚至是没有的，或者说是再怎样模仿也学不到的。没有在粪一样的环境中磨砺过的人，是不会真的知道粪土里面也能长出花来的。现在我们的一些民谣里，不少是一种城市精英或流浪的小布尔乔亚假想出的事不关己式的民间，是移植到南山或鼓楼的似是而非的桃花源。

这样会让我们的民谣渐渐地不再姓"民",而只成为一种自拉自弹的吟唱,是蘑菇池里游泳而非宽阔一些水域中的驰骋,便也就渐渐地失去了自己的根基。

尽管民谣有如此的不足,我还是愿意听民谣。我相信每一个人的心里都会有属于自己的音乐,在一个特定的时刻和音乐家的演奏或演唱他乡遇故知一般地相契合。音乐是个奇妙的东西,只要你的心中有它,它就一定能够在你的心中回荡起来,即使一时没有回荡起来,必定有一种旋律在远方等待着你,和你心中的向往遥相呼应,就像树上的叶子,有远方的微风吹来,即使你还没有感到叶子在动,其实叶子已经感受到风的气息了。民谣,就是我向往的那种远方的微风,轻轻地拂来,带来远方雨的湿润和草的芬芳,以及地平线上地气氤氲的蠢蠢欲动。我渴望听到它,听到新鲜的它,蓬勃发展的它。

2020 年 5 月 5 日写于北京

被雨打湿的杜甫

初三那一年的暑假,我们都是十五岁的少年。那一年的暑假,雨下得格外勤。哪儿也去不了,只好窝在家里,望着窗外发呆,看着大雨如注,顺着房檐倾泻如瀑;或看着小雨淅沥,在院子的地上溅起像鱼嘴里吐出的细细的水泡。

那时候,我最盼望的就是雨赶紧停下来,我就可以出去找朋友玩。当然,这个朋友,指的是她。那时候,她住在我们大院斜对门的另一座大院里,走不了几步就到,但是,雨阻隔了我们。冒着大雨出现在一个不是自己的大院里,找一个女孩子,总是招人耳目的。尤其是她那个大院,住的全是军人或干部人家,和住着贫民人家的我们大院相比,是两个阶层。在旁人看来,她和我,像是童话里说的公主与贫儿。

那时候,我真的不如她的胆子大。整个暑假,她常常跑到我们院子里找我。在我家窄小的桌前,一聊聊上半天,海阔天空,什么都聊。那时候,她喜欢物理,她梦想当一个科学家。我爱上文学,梦想当一个作家。我们聊得最多的,是物理和文学,是居里夫人,是契诃夫与冰心。显然,我的文学常会战胜她的物理。我常会对她讲起我刚刚读过的小说,朗读我新摘抄的诗歌,看到她睁大眼睛望着我,专心地听我讲话的时候,我特别地自以为是,扬扬自得,常常会在这种时刻舒展一下腰身。

不知什么时候,屋子里光线变暗,父亲或母亲将灯点亮。黄昏到了,她才会离开我家。我起身送她,因为我家住在大院最里面,一路逶迤要走过一条长长的甬道,几乎所有人家的窗前都会趴有人头的影子,好奇地望着我们两个人,那眼光如芒刺般落在我们的身上。我和她都会低着头,把脚步加快,可那甬道却显得像是几何题上加长的延长线。我害怕那样的时刻,又渴望那样的时刻。落在身上的目光,既像芒刺,也像花开。

雨下得由大变小的时候,我常常会产生一种幻想:她撑着一把雨伞,突然走进我们大院,走过那条长长的甬道,走到我家的窗前。那种幻觉,就像刚刚读过的戴望舒的《雨巷》,她就是那个有着丁香一样惆怅,有着丁香一样芬芳的姑娘。少年的心思,是多么可笑,又是多么美好。

下雨之前,她刚从我这里拿走一本长篇小说《晋阳秋》。现在,我已经完全忘记了这本书是谁写的,写的内容又是什么了。但是,我清楚地记得,是《晋阳秋》。《晋阳秋》是那个雨季里出现的意外信使,是那个从少年到青春季里灵光一闪的象征物。这场一连下了好几天的雨,终于停了。蜗牛和太阳一起出来,爬上我们大院的墙头。她却没有出现在我们大院里。我想,可能还要等一天吧,女孩子矜持。可是,等了两天,她还没有来。我想,可能还要再等几天吧,《晋阳秋》这本书挺厚的,她还没有看完。可是,又等了好几天,她还是没有来。

我有些着急了。倒不仅仅因为《晋阳秋》是我借来的,该到了还人家的时候;而是,为什么这么多天过去了,她还没有出现在我们大院里?雨,早停了。

我很想找她,几次走到她家大院的大门前,又止住了脚步。浅薄的自尊心和虚荣心,比雨还要厉害地阻止了我的脚步。我生自己的气,也生她的气,甚至小心眼儿地觉得,我们的友谊可能到这里就结束了。

直到暑假快要结束的前一天的下午,她才出现在我的家里。那天,天又下起了雨,不大,如丝似缕,却很密,没有一点儿停的意思。她撑着一把伞,走到我家门前。那时,我正坐在我家门前的马扎上,就着外面的光亮,往笔记本上抄诗,没有想到会是她,这么多天对她的埋怨,立刻一扫而空。我站起来,看见她的手里拿着那本《晋阳秋》,伸出手要拿过那本书来,她却没有给我。这让我有些奇怪。她不好意思地对我说:"真对不起,我把书弄湿了,你还能还给人家吗?这几天,我本想买一本新书的,可是,我跑了好几家新华书店,都没有买到这本书。"

原来是这样,她一直不好意思来找我。是下雨天,她坐在她家走廊前看这本书,不小心书掉在地上,正好落在院子里的雨水里。书真的弄湿得挺狼狈的,书页湿了又干,都打了卷儿。

我拿过书,对她说:"这你得受罚!"

她望着我问:"怎么个罚法?"

我把手中的笔记本递给她,罚她帮我抄一首诗。

她笑了，坐在马扎上，问我抄什么诗。我回身递给她一本《杜甫诗选》，对她说就抄杜甫的，随便选。她说了句"我可没有你的字写得好看"，就开始在笔记本上抄诗。她抄的是《登高》。抄完了之后，她忙着站起来，笔记本掉在门外的地上，幸亏雨不大，只打湿了"无边落木萧萧下，不尽长江滚滚来"那句。她不好意思地对我说："你看我，在同一个地方摔倒了两次。"

其实，我罚她抄诗，并不是一时兴起。整个暑假，我都惦记着这个事，我很希望她在我的笔记本上抄下一首诗。那时候，我们没有通过信，我想留下她的字迹，留下一份纪念。那时候，小孩子的心思，就是这样诡计多端。

读高中后，她住校，我和她开始通信，一直通到我们分别都去插队。字的留念，再不是诗的短短几行，而是如长长的流水，流过我们整个的青春岁月。只是，如今那些信已经散失，一个字都没有保存下来。倒是这个笔记本幸运地存留到了现在。那首《登高》被雨打湿的痕迹清晰如昨，好像五十多年的时间没有流逝，那个暑假的雨，依然扑打在我们的身上和杜甫的诗上。

当你穷困潦倒的时候

到纽约,我在格林尼治很想找到一个名叫"问号瓦"的酒吧。我是在鲍伯·迪伦的自传里,知道了这个名字。这是一个古怪的店名。由于人生地不熟,时间又匆忙,可惜,我没有找到。

鲍伯·迪伦曾经住在这间酒吧的地下室里。

像许多不安分的年轻人一样,鲍伯·迪伦离开家乡北明尼苏达的梅萨比矿山,来到纽约,开始就住在这里。这是一间肮脏而潮湿的屋子。那是他二十岁的寒冷的冬天。年轻的时候,谁都有过一些寒气逼人的日子的。在楼上酒吧里,他用口琴为人家伴奏谋生,过着朝不保夕的日子。就像现在那些居住在我们北京郊区农民房子里或蜷缩在城里楼房地下室里的"北漂一族"一样,让心目中音乐的理想之花,开放在一片近乎无望的阴暗潮湿和寒冷之中。

有一天,鲍伯·迪伦忽然看见戴夫·范·容克(Dave Van Ronk),披着一身雪花突然走进"问号瓦"酒吧。他是"煤气灯"酒吧的歌手。同样都是在酒吧唱歌的,却不可同日而语,酒吧的名气不一样,在于酒吧的歌手名气不同,范·容克可是位著名歌手,属于大腕。而在当时,鲍伯·迪伦还是个无名小卒。他极其崇拜范·容克,在来纽约之前,他就听过范·容克的唱片,而且像现在我们很多模仿秀的歌手一样,对着唱片一小节一小节地模仿过他的演唱。鲍伯·迪伦曾经这样形容范·容克:"他时而咆哮,时而低吟,把布鲁斯变成民谣,又把民谣变成布鲁斯。我喜欢他的风格。他就是这个城市的体现。在格林尼治村,范·容克是马路之王,这里的最高统治者。"

人高马大的范·容克意外而突然出现在"问号瓦"酒吧,让鲍伯·迪伦异常地惊异和激动,一时不知该如何是好,只是远远地站在一边看着范·容克。他看见范·容克抖落身上的雪花,摘下手套,指着挂在墙上的一把吉布森吉他要看。酒吧里的人立刻把吉他取下来给他看,就在他看完并拨弄几下琴弦之后,显得不大满意转身要走的时候,鲍伯·迪伦鼓足了勇气,一步上前,"把手按在吉他上,同时问他如果要去'煤气灯'工作,该找谁。……范·容克好奇地看着我,傲慢,没好气地问我做不做门房。我告诉他,不,我不做而且他可以死了这条心,但我可不可以为他演奏点什么"。

这一段描写,是功成名就之后鲍伯·迪伦在自传里写的话。足见那时他的自信,而非事后的修饰或改写。

他们就这样认识了。他的自信,让范·容克留了下来,听听这个愣头青要演奏些什么。那天,鲍伯·迪伦为范·容克演奏了一曲《当你穷困潦倒的时候没人认识你》。这曲子选得非常有意思,颇具象征意味。它既像一种自嘲,也像一种暗示,甚至是挑战,充满弦外之音。不知是他有意的选取,还是无意中的巧合,随意中抛出的一枝邀宠的橄榄枝,或是心存挑战的带刺的玫瑰?在鲍伯·迪伦的自传里,没有写。

范·容克听完这支曲子之后,面无表情,没有说什么。但是,从范·容克的眼神里,他已经听见范·容克在对他说,小伙子,当你穷困潦倒的时候,不是没人认识你!

鲍伯·迪伦便从"问号瓦"走到了"煤气灯",开始了和范·容克一起演唱的生涯。他每周可以有60美元的薪水进账,这是他来纽约之后第一次有了相对稳定的收入。这个坐落在麦克道格街上在二十世纪五十年代首屈一指的酒吧,将带着他改变命运。

第一天晚上,鲍伯·迪伦去那里演唱,在走向"煤气灯"的半路上,他在布鲁克街一个叫米尔斯的酒馆前停了下来,走进去先喝了点儿酒,镇定一下自己的情绪。他毕竟有些激动。对于一个刚刚二十岁的年轻人,面对即将到来的命运转折,激动是可以理解的,不可避免的。

但是,想一想,这样命运的转折,仅仅是范·容克给予他的吗?如果命运中没有范·容克出现呢?或者命运中根本就没有范·容克这个人呢?又会怎样呢?鲍伯·迪伦命中注定就要在"问号瓦"寂寂无名地待上一辈子吗?换句话说,如果仅仅有范·容克这么一个大腕出现,而鲍伯·迪伦没有年轻时才会有的勇气、自信和勇敢的漂泊闯荡,他还是蜗居在家乡北明尼苏达的梅萨比矿山里,能够有这样命运的转折吗?更进一步说,如果鲍伯·迪伦没有在底层的学习磨炼,包括对着范·容克唱片一小节一小节地仔细而刻苦的模仿,在艰苦的环境和条件下,锤炼下了自己的实力,能够有这样命运的转折吗?

如果说勇气和自信是一只翅膀,刻苦的学习磨炼和长时间的坚持积累，又是一只翅膀，才可以让命运如鸟而并非如蚊蝇一样盲目地飞撞，才可以在你穷困潦倒的时候、在不期之遇中得以振翅飞翔，曾经付出的一切痛苦和磨难，才会将丛生的荆棘最后编织成鲜花的花环。

"出了米尔斯酒馆，外面的温度大概是零下10摄氏度。我呼出的气都要在空气中冻住了，但我一点也不觉得冷。我向那迷人的灯光走去……我走了很长的路到这里，从最底层的地方开始。但现在是命运显现出来的时候了。我觉得它正看着我，而不是别人。"鲍伯·迪伦在自传中这样说。这里说的"走了很长的路"和"从最底层的地方开始"，并不仅仅指从"问号瓦"走到了"煤气灯"这一段路，而是人生中更长也是必须走的一段路。帮助鲍伯·迪伦走好这段路，我以为就是命运这只大鸟锤炼他的那一对翅膀，才能够让他走好这一段路。而且，比起一般人如我们，他不是走，而是最终飞翔过这一段路。

在纽约，在格林尼治，我没有找到"问号瓦"的酒吧。我找到了鲍伯·迪伦——年轻时的鲍伯·迪伦，还有年轻时的我自己。

2021年6月25日改毕于北京雨中

辑四

——不要慌,草有时比花漂亮——

猫脸花

47年前,我在一所中学里教书。那一年刚刚入夏,天就拼命地下雨,而且,很奇怪,必是每天早晨下,中午停。每天上午第一节课前,就看老师们陆续进得办公室,大多都被雨淋湿,个个狼狈得很。印象最深的是有一天,一位教化学的女老师骑自行车来晚了,因为她第一节有课,刚进办公室,就听她抱怨:这雨也太大了,把我裤衩都湿透了!大家知道她在为迟到开脱,开脱就开脱吧,犯不上说自己的裤衩,多少有点儿让人不好意思。

没有想到,第二天,就轮到我不好意思了,出门没多远,我的自行车锁的锁条突然耷拉了下来,挡住了车条,骑不动了。雨下得实在太大,我拖着车,好不容易找到个自行车修理铺,修车师傅帮我修好车锁,我骑到学校,小半节课都过去了,学生看见的是淋成落汤鸡的我出现在教室的门口。

下午放学,骑上车没多远,车锁的锁条"当啷"一声,又耷拉了下来,又没法骑了。先去修车吧。修车铺离学校不远,修车的家伙什都放在屋子窗外的一个工作台上,屋里就是家。修车的是个20多岁胖乎乎的姑娘，比我教的学生大不了几岁，长得不大好看，一脸粉刺格外突出。心想，肯定是接她爸爸的班，也肯定是学习不怎么样，不得已才来修车。

不过，人不可貌相，小姑娘修车很认真仔细，见她拉开工作台上满是油腻和铁末的抽屉，一边找弹子，一边换车锁里坏的弹子，却怎么也找不到合适的。她有些抱怨地对我说：谁给您修的锁？拿个破弹子穷对付，全给弄坏了，真够修的！话是这么说，说得跟老师傅数落徒弟似的，她却很有耐心地从抽屉里不停地找弹子，然后对准锁孔，把弹子装进去，不合适，再把弹子倒出来，重新装，像往枪膛里一遍遍地装子弹，又一遍遍地退出来，不厌其烦，也不亦乐乎。工作台上，一粒粒小小的银色弹子，已经头挨着头摆成一排，夕阳下闪闪发光。

开始，我心里在想，如果上学的时候有这份专心就不至于来修车了。后来，我对自己冒出来的这多少有些偏见甚至恶毒的想法而惭愧，因为她实在是太认真了，流出了一脑门的汗。为了这个倒霉的锁，耽误了她这么长的时间，又挣不了几个钱。

其实，她完全可以对我说这个锁坏了，修不了啦，换一个新的吧。她的工作台旁，就放着各种样子的新锁。换新锁，可以多挣点儿钱。我开始有点儿替她感到委屈，有些不落忍地这样替她想。可她却依然较劲地修我这个破锁，好像那里有好多的乐趣，或者非要攻占的什么重要山头，不把红旗插上去誓不罢休。而且，她还像个小大人似的，以安慰的口吻对我说：您别急，一会儿就好了！省得您过不了几天又去修，受二茬儿罪！

我站在那儿看她修，看得久了，无所事事，就四下里闲看，忽然看见她背后的窗台上摆着两盆花。是两盆草本的小花，我走过去细看。花开的颜色挺逗的，每一朵有着大小不一的紫、黄、白三种颜色，好像谁不留神把颜色洒在花瓣上面，染了上去，被夕阳映照得挺扎眼。没话找话，便问她："这是你种的？什么花呀，挺好看的！"

她告诉我，这叫猫脸花。她又告诉我，这是她爸爸帮助她淘换来的药用的花，把这花瓣揉碎了，泡水洗脸，可以治粉刺。然后，她冲我一笑："说是偏方，也不知道管用不管用！"

锁修好了，再也没有坏，一直到这辆车被偷。

现在，我知道了，她说的猫脸花学名叫三色堇。其实，我读中学的时候，读过的外国文学作品中，好多地方写到了三色堇，觉得这个名字那么洋气，那么有文学味儿，让我对它充满想象，甚至想入非非。

前不久，看到巴乌斯托夫斯基不吝修辞地形容它："三色堇好像在开假面舞会。这不是花，而是一些戴着黑色天鹅绒假面具愉快而又狡黠的茨冈姑娘，是一些穿着色彩缤纷的舞衣的舞女——一会儿穿蓝的，一会儿穿淡紫的，一会儿又穿黄的。"

我想起了那个脸上长满粉刺的修车姑娘。当初，她告诉我它叫猫脸花。

2020 年 5 月 30 日于北京

青木瓜之味

　　大约是四年前初春的一个星期天下午,我去邮局发信。邮局离我家不远,过了马路,走两三分钟就到。就在要到邮局的时候,一个年轻的女子和我擦肩而过。忽然,她停住脚步,回头看了我一眼。那一眼的眼神很亲切,也有些惊奇,仿佛认出了一个熟人而与之邂逅相逢。那眼神闹得我以为真的碰见了什么认识的人,便也禁不住停住脚步,看了她一眼:年龄不大,也就二十出头,模样清爽,中等身材,瘦削削的。看她的装扮,初春时节还穿着一件臃肿的棉衣,就猜得出是一个外地人,大概是打工妹。我仔细地想了想,从来没有见过这么个人,她肯定是认错了人。于是,我笑笑自己的自作多情,向邮局走去。

　　我走了没几步,她从后面跑了过来,跑到我的面前,这让我很吃惊,不知碰见了什么人。只听见她用南方那种绵软的声音仔细而小心翼翼地问我:"你是不是肖复兴老师?" 我越发地惊讶,她居然叫出了我的名字,我木讷在那里,近乎机械地点了点头。

　　她一下子显得很兴奋,接着说:"刚才你迎面向我走来,我看着你就像。我读中学的时候就看过你写的书,你和书上的照片很像。真没有想到怎么这么巧,今天在这里遇见了你!"

原来是一位读者,大概她这番热情的话,很能够满足我的虚荣心,听她说她喜欢我写的一些东西,特别是说她读中学的时候读我写的东西对她有帮助,她一直忘不了……我就像小学生爱听表扬似的,立刻有些发晕,找不着了北,站在街头和她聊了起来,一任身边车水马龙喧嚣。

从她那话语中,我渐渐地听明白了,从小在南方农村长大,中学毕业,她没有考上大学,家里生活困难,就跟着乡亲来到了北京打工,住的地方离我家不算太远,要走半个小时左右,今天星期天休息,她是刚刚到邮局给家里寄钱,并发了一封平安家信。虽是萍水相逢,只是些家常话,却让我感到她像是在掏心窝子,我一下子竟有些感动,没有想到只是写了一些平常的东西,能够让心拉近,距离缩短,心里想也应该说是如今没什么用处的文学的一点特殊功能吧。于是,我进一步犯晕,沿着斜坡继续顺溜地下滑,不知对她的热情如何回报似的,竟然指着马路对面我家住的楼对她说:"我家就住在那里,你有空,欢迎你到我家做客。"说着把地址写给了她。她高兴地说:"太好了,我一定去!"

回到家后,我就把这件意外相逢的事情当作喜帖子,向家里的人讲了,不想立刻遭到全家一盆冷水浇头,纷纷说我:"你以为你遇到了知音呢?别是个骗子吧?""可不是,现在骗子可多着呢,你可别忘了,狐狸说几句赞扬的话,是为了骗乌鸦嘴里的肉。""什么?你还把咱家的地址告诉了人家?你傻不傻呀?你就等着人家上门找到你头上来骗你吧！""要真是找上门来，骗几个钱倒没什么，可别出别的事！"……

一下子，说得我发蒙。我一再回忆街头和那个年轻女子的相遇和交谈，不像是个狐狸似的骗子呀，再说，她肯定是读过我写的书，要不也说不出书名，并且能够对照着书上的照片认出我来呀。但家里的人说得也没有错，谁也不会把"骗子"两字写在脑门上，高明的骗子现在越来越多，防不胜防。这么一想，我后悔不迭，而且不禁有些发虚，嘲笑自己如此可笑，禁不住两碗迷魂汤一灌，就如此容易轻信上当，真是百无一用是书生。一连多天，我都有些提心吊胆，怕房门真的被敲响，开门一看，是这个年轻的女子登门拜访，后果不堪设想。

好在一连好多天过去了，都平安无事。

时间一长，这件事情渐渐被淡忘了。偶尔提起，被家人当作笑话嘲笑我一番。我心里想，即使不是骗子，也只是街头的一次巧遇或萍水相逢，别再犯傻了，被人家两句过年话一说就信以为真。即使人家不骗你，没准还怕你骗人家呢。

将近一年过去了，春节过后，我们全家从天津孩子的姥姥家过完年回家，刚上电梯，开电梯的老太太对我说："你先等我一会儿，前两天有人来找你，你没在家，那人就把带来的东西放在我这里了。"开电梯的老太太是个热心人，住在楼里的人要是不在家，来人送的信件、报纸或其他的东西，都放在她这里。她家就住在楼下，不一会儿，就拿来一包用废报纸包着的东西。回家打开包一看，是两个青青的木瓜。木瓜的旁边有一张小字条，上面写着两行小字，大概意思是：你还记得吗，我就是那天在邮局前和你相遇的人，我一直想来看你，工作太忙了，一直没有时间。我过年回家带给你两个木瓜，是我自己家种的，只是一点心意。祝你写出更多更好的作品！下面没有写下她的名字，只是写着：一个你的读者。

全家都愣在那里，谁都说不出一句话来。

我永远也不会忘记这个年轻而真诚的女子，不会忘记这件事情，不会忘记这两个木瓜。总记得切开木瓜时候的样子，别看皮那样的青，里面却是红红的，格外鲜艳，特别是那独有的清香味道，在房间里弥漫着，好多天没有散去。

2004 年元旦试笔于北京

梅岭之恋

想念梅岭已久。

最早的想念，起于五十多年前的中学时代，读过了陈毅的《梅岭三章》后，梅岭，便幻化成我青春期的一种向往的意象。梅岭古道，特别是梅岭关楼上那面巨石上雕刻的"梅岭"两个红色大字，如一面旌旗，常会浮现在眼前，随风猎猎飘动。

美好而壮丽的风景，总是在远方；没有见过的远方风景，更是会让青春的心鼓胀如同一面风帆而充满无限的想象。更何况，还有《梅岭三章》这样的诗，还有陈毅这样的英雄。梅岭，那时候，就像古代英雄美人在一起的美人，对于我，那样充满诱惑和向往。

五年前的秋天，和梅岭擦肩而过。那天黄昏，从它的山脚下穿隧道到江西。过隧道前，趴在车窗前眺望梅岭，苍绿的山峰突然阴云密布，瞬间狂风袭来，雷雨大作，斜飞的雨点扑打在车窗上，仿佛是梅岭特意派来的使者，凛冽而苍茫。怪罪我路过它而没有拜访。奇怪的是，车子穿过隧道，那一边阳光灿烂，回望梅岭，仿佛一切并没有发生，恍然如梦，而梅岭阅尽春秋，淡然自若，依旧山色苍苍。不禁想起一句清诗：八面风来山镇定。

这是梅岭留给我最初的印象。这是一部大书，不是一首小诗。这是一幅油画，不是一帧水粉。

去年年底，在广州几位朋友的陪伴下，从广州出发，一路北行，过南雄，终于登上梅岭，心里竟隐隐有些激动。想起五年前在山脚下和它擦肩而过的情景，不禁觉得有些神示般的感应，虽没有那般的雷雨，却依旧阴云四合，岭南漫山草木的绿色，显得格外浓郁深沉，不似江南烟雨中的草木那样水嫩轻浮。我在心里对自己说，登梅岭，不像登别处的山，即使是有名的黄山和庐山，也不尽相同。你不是来游玩观赏风景的，而是参拜历史和英雄的。到此一游拍照之后刷朋友圈的轻浮，首先要摒弃。

首先出现在眼前的古道，先让我一步跌入前朝。位于大庾岭的梅岭海拔不高，却地势险峻，古道建得便格外不容易。那种鹅卵石铺就的斑驳古道，虽然经过了整修，却依然存有古迹古风。千年风雨的侵袭所留下的悠久岁月的皱褶，和如今很多经过翻修一新整容过的景点相比，完全不可同日而语。那是历史这部大书镌刻下的印迹。就是梅岭上什么都没有，只有这样一条古道，也是值得来的。

在古道上，看到一对中年夫妇，妻子的腿有些残疾，丈夫搀扶着她，踩着有些湿滑的鹅卵石艰难地攀登，让我心生敬意。望着他们和他们面前这条逶迤向上的古道，仿佛可以一直通向天上，也可以通向历史的深处。这条古道，如一条巨蟒蜿蜒，千年不老，它头吐出的火焰般的信子，应该就是梅岭的关楼。那是梅岭的华彩乐章。

慢慢地爬，不要着急一下子就看到关楼。心里忽然有点儿像晚年的音乐家柏辽兹，千里迢迢要去见年轻时的恋人一般，明知道她已经苍老，却依然心里充满激动，充满期待，按捺不住急迫的心情，却不由得放慢了脚步。

我坐在古道旁湿滑的山石上画梅岭的速写。山道两旁遍植各种梅树，只是季节未到，除了很少急性子的梅花绽开稀疏的花苞之外，没有梅花如海的盛景。一边画，一边忍不住想，梅岭成名，对于一般人而言，就在于自古以来满山的梅花开放。历史中所说的梅岭起名，源于战国时期南迁的越人首领梅绢的姓氏，人们是不会在意的。或许，这里有中原文化和南粤文化的融合之要义，但人们更在乎梅花盛开之美意。或者说，一含有历史，一含有美学，两种合一，才是梅岭文化之含义吧。

一路向上攀登，一路想，一路画，画画比拍照更让梅岭入味入心。忽然觉得，仿佛恋爱，画梅岭，才像是和它有不断的交流，甚至相拥而有的肌肤相亲。这真的是一直奇怪的心理体验，是在登别处名山未曾有过的。

一直觉得梅岭对于我，不在于风光和风情，而在于梅岭的英雄。梅岭的英雄，最早要数唐代的张九龄。如果不是他向唐玄宗谏言，开凿梅岭古道，如今我们不会有这样的机会和历史邂逅相逢。唐开元四年（716年），距今已经一千三百多年，那时的条件，开凿这样一条险峻的山道，可以想象是多么艰难。史书上没有记载张九龄身居如此要职时有什么贪腐的行迹，却忍不住想起如今有的地方几任交通局局长因修路贪腐而前仆后继落马的情景，不觉哑然。

英雄还要说张九龄的夫人。在开凿山道时，张九龄遇到前所未有的困难，今天开通的山道，明天山石重新闭合。据说，是山妖作祟，需要孕妇之血，方可镇妖解难。不要责怪一千多年前人们的迷信，在幽深莫测的大自然面前，正怀有身孕的张夫人当夜舍生取义，剖腹自尽，血染山崖，帮助丈夫打通山道。巾帼不让须眉，不是英雄是什么？

难怪，后人在梅岭古道旁修建了张文献祠和夫人庙，以此纪念张九龄夫妇。清雍乾时期的诗人杭世骏有诗：荒祠一拜张丞相，疏凿真能迈禹功。可惜，如今，张祠早已不存，夫人庙正在修复，我路过那里时，围起了黄色缎带围栏。张夫人，让我想起苏东坡在惠州时的夫人王朝云，却比王朝云还要壮怀激烈，让人叹为观止。

苏东坡也应该算作梅岭的一位英雄。当年一路被贬，就是过梅岭到惠州的。再贬至海南，十几年后，好不容易大赦，又是要过梅岭回到中原。尽管来时明明知道"问翁大庾岭头住，曾见南迁几个回"，却依然为梅岭留下明艳照人的诗句：不趁青梅尝煮酒，要看细雨熟黄梅。苏东坡算是一位悲剧式苍凉的英雄。

对于我，梅岭英雄的象征，或者说梅岭英雄的代言，是陈毅元帅。他为梅岭留下的《梅岭三章》，可以说是前无古人后无来者的绝唱。中学时代，就是这三首绝句，让我对梅岭一往情深地神往。陈毅的诗写得确实好，尤其是第二首：南国烽烟正十年，此头须向国门悬。后死诸君多努力，捷报飞来当纸钱。那时读得我热血沸腾，觉得只有这样的诗才配得上这样的山，觉得这样的山才配得上这样的诗。这样的山真的是英雄的山，和一些花花草草的山拉开了距离。

走到半山腰，看到一面巨石上书写着《梅岭三章》，用的是陈毅的手书，心里很是激动，仿佛一下看到了当年的陈毅。当年的陈毅在这里打游击，被围二十余天，写下了这三首绝命诗。当年的陈毅，才只有三十六岁，本命之年，那么年轻。

面对这幅巨大的诗碑，我站立良久，也仿佛看到青春时的自己。惭愧的是已经两鬓斑斑，旧日的热血情怀与诗情还剩余多少呢？不仅是我自己，后死诸君，是否都还在一往无前地那样努力？忍不住想起放翁的诗句：气节陵夷谁独立，文章衰坏正横流。不觉心羞面涩。

终于爬到山顶，梅岭关楼就在眼前。那么熟悉，又那么陌生；那么亲切，又那么肃然。仿佛真的见到了青春时的恋人，是梦中的那样年轻吗？还是现实中的这样苍老？在流年暗换中，是否彼此都有了意想不到的变化？

关楼一楼将广东和江西分割，当年就是有了它，才将南北交通连接，梅岭古道，可以说是，沉沉一线通南北，有了以往历史的和地理的意义，有了如今文化的意义和我们怀旧的感情意义。

关楼南面门额上的"岭南第一关"，两旁的对联：梅止行人渴，关防暴客来。关楼北面门额上的"南粤雄关"，特别是巨石上雕刻的"梅岭"二字，涂以鲜红的颜色，那样光彩照人。这一切，都是中学时代我在画片上见到过的，如今真的展现在眼前，一下子像是活了一样，跳跃到我的面前，有了生气，有了血脉流畅，有了气韵贯通。

是的，这才是我青春时恋人的模样，有了这千年不变的关楼，有了这几百年不变的"梅岭"二字（这石碑是清康熙年间南雄知州张凤祥所立），便让这千年古道一下子复活，让我的青春记忆一下子复活，让遥远的历史和今天一下子连接在一起，有了彼此的对话和相互的交流。梅岭，才不像一般旅游胜地，只是秀丽甚至新饰得有些浮夸的山水草木，而像是铁锚一样，沉甸甸地落在我的身心深处。

关楼是用一块块巨大岩石垒成，漫长时光的剥蚀和打磨，呈现出沉稳的苍黑色，有了岁月的包浆，无语而沧桑，是历史流传下来的无字书。关楼脚下的石头被磨平，光滑如镜，有的石缝里长出青苔，湿润而清新。天色依旧阴沉，山色蓊郁，幽深莫测。往下望去，古道沉默，仿佛静若处子，却又仿佛随时可以动若脱兔，腾空而起。

遗憾的是，古道两旁的梅树没有盛开。但是，又一想，开有开的好处，没开有没开的好处。没开，不仅可以让我有了一份想象的空间，更觉得没有漫山梅花盛开渲染的鲜艳色彩，或许更多一份历史积淀下来的原本的底色。四围沉郁的山色，和苍黑色的关楼便更加融合一体，那样贴切。而那块巨型石碑上"梅岭"两个鲜艳的红色大字，便愈发显得夺目。

2019年12月4日梅岭归来

诗与成都

和其他一些城市相比，成都的一个特别之处，便是它和诗的关系格外特别。

成都古今曾经出过的诗人很多，历代来过成都的诗人更是无数，他们的诗写得或联对得再漂亮，并不足以说明成都就是一个诗城。能够证明成都是一座诗城的，是诗对这座城市的影响，以及诗如水一样在这座城市漫延的滋润和普及。

曾经在成都最为大众化的茶馆，也有百姓自发的写诗的热情。有好事者将自己写好的诗拿到茶馆里张贴，第二天再去一看，应对者已经如云，和诗者在茶馆里彼此打擂台，茶客们则在观看中肆意地评点优劣。诗让人们自得其乐，再没有哪里可以找到如成都茶馆里这样对诗的热闹场景了，想象那劲头赶得上《红楼梦》大观园里的赛诗会吧。

还曾经读到过这样一则故事，说是抗战期间，在半边街魏家祠堂对面开有一家饭馆，战争期间经济拮据，怕人吃饭不给钱或赊账；饭前先要钱呢，又觉得不大好，既怕得罪人，又怕伤自己的面子。店家便写下一首诗，贴在墙上："进门好似韩信，出门赛过苏秦，赊账桃园结义,要账三请孔明。"句句用典,又通俗好懂,众人皆会意而笑,皆大欢喜。在成都,诗不止于诗家之间风雅的唱和,而很实在,很实用,又有几分居家过日子的恬淡和狡黠,以及艰辛日子里的苦中作乐。

再举一例,便是在成都,连乞丐都能够写诗。一个成都乞丐的"烘笼"诗:"烟笼向晓迎残月,破碗临风唱晚秋,两足踏翻尘世路,一盅喝尽古今愁。"居然把凄凉写得如此诗意盎然。也许,这只是乞丐中的凤毛麟角,但他们确实曾经存在过并为成都留下了他们不俗的诗作。这在别的城市里,我还真的未曾听说过。

1913年,成都慈善人士曾经在北门一破庙旧址上搭建一排瓦屋,专供乞丐在寒冬时有个避风的地方,并取了个典雅的名字,为"栖流所"。没过多久,便被乞丐在门上贴了一副对联:"是士绅工商之友,与魑魅魍魉为邻。"既工稳,又俏皮。

一座平民化的城市,才能够将诗从高雅的殿堂上拉下来,让诗和自己平起平坐。一座有诗的传统的城市,才能够花开一般,处处都可以绽放出诗来。

成都的诗的传统,要得益于杜甫和他的草堂。而诗的传统更是一种文化的底蕴,不是一朝一夕,而是长久岁月的积淀和打磨,诗才化为了这座城市的血脉和基因。

记得同为诗人的冯至先生曾经说过一段话:"人们提到杜甫时尽可以忽略了杜甫的生地和死地,却总忘不了成都的草堂。"这实在是成都的福气。成都人便也格外珍惜这一福分,将杜甫当作自己的诗神,把草堂当成诗的殿堂,每年人日即正月初七这一天,都要到草堂里祭拜，已经成为由来已久的习俗。如果没有这样长久的珍惜和敬重，如何能够形成诗的传统？诗的传统在一座城市走过了一千多年，这座城市又该是一种什么样的成色？

安史之乱后，杜甫携带稚子，从甘肃同谷步行了一个多月才走到了成都，投奔到时任剑南节度使的朋友严武门下。但不多日后，杜甫坚持搬出条件优越的严府，而居于简陋的寺院之中。日后，在浣花溪旁搭建一间茅草屋，写下《堂成》一诗，其中"暂止飞乌将数子，频来语燕定新巢"一联，道出了草堂建成时的情景和心情。以后才有了我们见到的"细雨鱼儿出，微风燕子斜""秋水才深四五尺，野航恰受两三人""自去自来梁上燕，相亲相近水中鸥"……这样情趣盎然，又令我们会心会意，平易得任何人都懂得的诗句。我一直这样认为，正由于杜甫这样的平民性，造就了其诗歌的人民性，也才造就了成都这座城市诗歌传统的平民性，让诗和这座城市的人们心心相通。诗不再是高雅的代名词，不再是诗人的专利，而是属于大众和这座城市的每一棵树，每一朵花。

成都，便不仅是一座茶城，一座花城，一座美食城，还是一座诗城。

孤单的雪人

　　北京今年一冬天没有雪，开春了，却一连下了三场雪，纷纷扬扬的，还挺大，仿佛憋足了气，赶来赴什么约会，有什么最后的晚餐似的，过了这村就没这个店的感觉。

　　下最大的那场春雪的上午，我刚出楼门口，看见楼前的空地上有一个四五岁的小男孩，拿着一个玩具小铁锹在铲雪堆雪人，他的身旁是两位老人，爷爷奶奶，或者姥姥姥爷，帮助他一起堆。不过，那雪人堆得很小，两老一小，总也堆不起来太多的雪。我对他们喊了句："滚雪球呀！那样多快！"可老太太对我说："不知今年的雪怎么了，不怎么成个儿，雪球滚不起来！"也是，今年的雪松散得很，有人说是春雪的缘故，也有人说是人工降雪的缘故。

　　正说着话，孩子的父母从楼里出来了，爸爸脖子上挎着一台单反相机，一看就是尼康D700，妈妈手里拿着一根胡萝卜和一张画报纸叠的帽子，是准备给雪人的装束。然后，就看见妈妈边给雪人插鼻子戴帽子，边喊着："快来，宝贝儿，照张相！"就看见几个大人开始摆弄孩子，孩子站在、蹲在雪人的身前身后，伸着小手，歪着脑袋，笑着摆着各种姿势，和显得有些瘦弱的营养不良的雪人合影。不用说，在妈妈爸爸的带领下，孩子常照相，已经是老手，习惯的姿势，轻车熟路。

我心想，堆雪人真的是经典的儿童游戏，时代再怎么变，游戏的内容和方式再怎么变，堆雪人如同经年不化的琥珀，是大自然送给孩子们一款最老也是最好的礼物了。不过，想想我小时候，堆雪人之前，总要滚一个好大的雪球，孩子们用手指冻成胡萝卜一样的小手滚雪球，呼叫着，边滚雪球，边攥起雪球瞅不冷子打别的孩子或塞进脖领子里找乐，闹成一团，把雪球越滚越大的时候，最为快乐。如今却是难以把雪球再滚起来了，孩子的乐趣也少了好多。就好像做鱼少腌制的那一道程序，鱼还是那条鱼，做出来却不怎么入味。

回头看时，看到那孩子噼里啪啦一通照，已经照完了，一家四口大人正领着孩子往家走呢。心里想，雪人还是雪人，堆的过程简化了，堆完后玩的过程也简化了，最后就成了照相，雪人只是一个陪衬。

走不远，看到一个小姑娘，大约也就三岁的样子，她的身旁一个小小的雪人已经堆好了。同样，一对父母正在给她拍照，几乎和那个小男孩一样，她也摆着各种熟练的姿势，大多相同，是那种歪着脑袋小手伸出两根手指，做出V字形的样子。数码相机的普及，可怜的雪人的功能，就剩下了一种——孩子照相时候的一个道具或背景，就像儿童照相馆里那些一样。留念，比玩本身重要了。

我想，这个女孩和那个男孩，各堆各的雪人，各照各的相，两条平行线一样，很难交叉。也许都是独生子女的缘故吧，又各住各的楼，即使住同一栋楼,各家防盗大铁门一关,老死不相往来,雪人跟着他们一起孤单起来。想起我小时候,大院的孩子从各家的玻璃窗户里就看见有人在堆雪人了,呼叫着跑出屋,香仨臭俩的,天天上房揭瓦疯玩在一起,拉都拉不开,不凑在一起都不行。忽然明白了,这也是那时候的雪人大的一个原因吧。

中午回来时,雪已经停了,毕竟是春天,再大的雪化得也快。走进小区,看见那两个孤单的小雪人,已经如巧克力一样黑乎乎地坍塌一地。我想起曾经看过的一部叫作《雪孩子》的动画片,那里的雪人充满想象,变化无穷,活的或者说陪伴孩子们的时间那样长久,发生过那样多美好的故事。当然,那是个童话。如今的雪人,还属于孩子,却难有属于孩子的童话了。

河边的椅子

我第一次见到这样的椅子,是在普林斯顿旁的达拉威尔河边。

其实,只是一种防腐木做成的普通长椅,没有油漆,很朴素,在公园里常见。但是,椅子的后背钉有一块小小的铜牌,上面刻着几行小字,是孩子纪念逝世的父母,最后是两个孩子的署名,一个叫安妮,一个叫斯特凡。

也许,是我见识浅陋,在国内未曾见过这样的椅子,因私人的介入,让公共空间飘荡着个人化的情感,并把这种情感与他人分享。很显然,这是叫安妮和斯特凡的两个孩子思念父母而捐助设立的长椅,很像我们这里在植树节里栽下的亲情树。这真的是一种很好的法子,既可以解决一部分公共事务的费用,又可以寄托私人的情感于更广阔的公共空间。可以想象,在平常的日子里,安妮和斯特凡来到这里坐坐这把长椅,对父母的思念会变得格外的实在和别样;而如我这样的陌生人偶然路过这里,坐坐这把长椅,会想起这样两个孝顺的孩子,和他们一起把思念付于河边绿树摇曳的清风中。

后来,我发现,在达拉威尔河边和它旁边的运河两岸,到处是这样的椅子,椅背上都钉有这样的小铜牌。捐助者通过这把普通的长椅,寄托着他们各种各样的感情,有对逝去的亲人的怀念,有对新婚夫妇的祝福,有对金婚银婚老人的祝贺,有对远方朋友的牵挂,有对尊敬老师的感激,有对儿时伙伴的问候,有对子女孙辈的心愿……普通的长椅,忽然变得不普通起来,仿佛成了盛满缤纷鲜花的花篮,盈盈盛满了这样芬芳美好的祝福;或者像是我们乡间古老的心愿树,枝叶间挂满人们各式各样心愿的红布条。那些平常看不见摸不着的各种情感,有了这样一把椅子的承载,一下子变得丰盈而别致,让人触手可摸了。

当然,人们表达情感,有许多方式,如今流行的是手机短信和贺卡。而这样的感情表达,似乎已经程式化、格式化,远不如河边的椅子的情感表达那样朴素,而且又和大自然融为一体。

后来,我发现并不仅仅在河边,在很多地方,包括小镇,也包括城市,在公园,在路边,在博物馆的花丛中,都有这样的椅子和我不期而遇。椅背上小小的铜牌,像是从椅子上开出的一朵朵金色的小花,喷吐着那些我永远也不会认识的陌生人的各种情感。虽然,人是陌生的,但那些情感却是熟悉的,是亲切的,是放之四海而皆准的。在陌生的地方,每逢发现这样的椅子,我都要暗暗地惊喜一番,都要在椅子上坐一会儿,细细地品味一下捐助者通过这把椅子所要表达的情感,想象着他们会不会常常来看看这把椅子,就像常常来看望他们的亲人或朋友一样,坐开桑落酒,来把菊花枝,虽然恬淡,却明净清澈,宁静致远。

我对这样的椅子充满感情和想象，这样朴素而低调的情感表达方式，虽不可能完成对于人们感情的救赎，起码可以让我们回归质朴一些的原点上。

草有时比花漂亮

草有时比花漂亮,这话其实并不准确,因为所有的草也都应该是开花的,只不过,它们大多数的花很小,我们几乎看不见,或者基本忽略掉了,甚至鄙夷不屑地认为,它们居然还会开花?

我到现在也不知道,花和草的历史到底谁的更长?《诗经》和《楚辞》里,就已经有很多花草的名字出现了,它们的历史大概一般长吧?不过,读白居易的《赋得古原草送别》一诗,草生在古原之上,没听说什么花也是生在古原的。而且,李时珍有《本草纲目》一书,专门为草作传,草还有着那样多治病救人的药用,便对草平添一分好奇和敬意。

对于我们这一代在北京四合院里长大的孩子,认识最早最多的草,是狗尾巴草。那种草的生命力最顽强,属于给点阳光就灿烂,在大院墙角,只要有一点泥土,就能长得很高,而且是密密地挤在一起,就像我们小时候玩"挤狗屎"的游戏,大家拥挤在一起看谁把谁挤出人堆。夏天,狗尾巴草尖上长出毛茸茸的东西,我不知道是不是它们的花,我们男孩子常常会揪下草尖,将毛茸茸的东西探进女孩子的脖领里，逗得她们大呼小叫。

狗尾巴草还会爬上房顶，长在鱼鳞瓦之间。那时候，我很奇怪，连接瓦之间的土都已经硬得板结，它们是怎么扎下根的呢？房顶上的狗尾巴草，不能如墙角的草一样长得高，但比墙角的草活得长。到了秋天，一片灰黄，它们依旧摇曳在风前，即使冬天到了，墙角的草早已经没有了踪影，它们还是摇曳在风前，只是少了很多，稀疏零落的，像老爷爷下巴上的山羊胡子。

我对曾经度过童年、少年和整个青春期的大院的回忆，少不了狗尾巴草。大院里，有很多色彩鲜艳芬芳四季的花木，但是，不能少了狗尾巴草，就像我们大院里那位老派的学究的桌前，少不了一盆蒲草。蒲草，是他的清供，自是高雅；狗尾巴草，是我童年的伙伴，是一味医治老年回忆少不了的解药。

离开大院，我到北大荒去了六年。那六年，说是开垦荒原，所谓荒原，是一片荒草甸子。但是，至今我也没有弄清楚，那一片无际无边的萋萋荒草，究竟叫什么名字。它们浅可没膝，高可过头，下面有时会是随时可以拉人沉底的沼泽。狂风大作时，它们呼啸如雷，起伏跌宕，摇晃得仿佛天边的天际线都在跟着它们一起摆动。特别是开春时节，积雪化净，干燥的天气里，草甸子常常会突然冒起荒火，烈焰腾空，一直烧到天边的地平线。那些草，可谓边塞的豪放派，我们大院里的狗尾草，只能属于婉约派了。

在北大荒时，当地老乡常对我说去打羊草，我不知道荒草甸子的草是不是大多属于羊草。羊草是用来喂牲口的，应该是那种叫作苜蓿的草，野生的苜蓿草，在北大荒很多，但一般不会生长在沼泽地里。那些生长在沼泽地里的荒草，很长，很粗，韧性很强，不容易扯断。当地老乡和我们知青的住房，都是用这种草和上泥，拧成拉禾辫，盖起来草房，再在房子的里外抹上一层泥，房顶上苫上一层。别看是草房，冬天却很保暖，荒原上的荒草，居然派上这样大的用场。当年在北大荒的时候，并没有觉得什么，现在看到公园里修剪得平整如茵茵地毯一样的草坪，再想起它们，贫寒的它们，没有草坪的贵族气息，却更接地气，曾经温暖过我整个的青春。

在北大荒，我见过最多的草，一种是乌拉草，一种是萱草。貂皮、人参、乌拉草，号称北大荒三件宝。传说冬天将乌拉草絮在鞋子里，可以保暖。有一年，我的胶皮底的棉鞋鞋底有些漏，雪水渗进去，很冷，絮上乌拉草，别说，还真管用，帮我抵挡了一冬的严寒。

夏天的时候，成片成片的萱草开着黄色的喇叭花，花瓣硕大，明艳照人，当时，我们都叫它们黄花菜。在它们还没有绽开花瓣的时候，赶紧摘下来，晾干，就是我们吃打卤面时放的黄花菜，成为北大荒的特产。那时候，我是把它们当作花，从来没有认为是草。但它们确实是草。

现在想来，萱草应该属于草里的贵族了。草里面开那么大那么长花朵的，我还真的没有见过。后来，读孟郊诗："萱草生堂阶，游子行天涯。慈亲倚堂门，不见萱草花。"想起年轻时北大荒的萱草，不禁心生感喟，我看见的是成片成片壮观的萱草花，母亲却看不见，但母亲的堂前明明也是有萱草花在开着呀，因为母亲望着那天边久不归家的儿子。对于萱草，我不再认为其属于贵族，而属于亲情。

属于贵族的草，如今大概是薰衣草了。不知从何时起薰衣草在我国成了贵族，大片引进种植，普罗旺斯成为它贵族的族谱和背景。媚外的心理总是有适合它们生长的土壤，都说移花接木，其实也可以移草连心。

去年，我去密云一家台湾人投资开辟的山地公园，吸引众多人前往的，是那里有一片薰衣草。拍照的人，一拨紧接一拨，成了流水的兵，薰衣草成了铁打的营盘，被宠爱有加。不仅如此，还被制成薰衣草口味的冰激凌，在那里专卖。

今年，我去广东新会，在巴金写过的"小鸟的天堂"前，有一片跟薰衣草一样紫色的园地，很多人呼叫着薰衣草像呼叫着情人的名字一样，奔向前去拍照。拍完照后，才发现草地前立有一块小木牌，上面写着"鼠尾草"。鼠尾草和薰衣草像是双胞胎姊妹，长得很像，却只能是薰衣草的替身。如果薰衣草是属于草中的贵族，鼠尾草大概属于平民了，因为它们很常见，几乎在所有的公园里都能够见到。

就像在一般人眼里，花要比草高级，草中也确实是有这样贵贱之分的，在我国古代早已有草芥之说。这不过是人群中社会学划分在花草中的折射而已。看苏联作家帕乌斯托夫斯基的《一生的故事》一书，他把苜蓿草说成是草中的灰姑娘。苜蓿草，就是我们北大荒司空见惯的羊草，岁岁枯荣，任人践踏。同样是草，只能喂牲口，不能如萱草一样给人吃，更不能如薰衣草一样为人作拍照的背景，甚至可以制成冰激凌吃。大自然中，如这样卑微的草有很多，多得我根本叫不上它们的名字。

我很惭愧,能够叫得上名字的草,即使不是如薰衣草一样出自洋门或名门,也都大多有些来头或说头。有时候会想,我就像一个势利鬼,不可救药地狗眼看草低。

我最早认出以前没见过却在书中早就听说的草,是酢浆草,是那种长着紫色叶子开着浅紫色小花的酢浆草。我认识了它并记住了它,其实不仅是因为它的五瓣小花漂亮如小小的五角星,三角形的叶子像蝴蝶的翅膀,而是因为它的名字有点洋气,便觉得有点不同寻常。其实,就是虚荣心作怪。我才发现,我们人对花草的认识,来自根深蒂固的心里的潜意识。所有关于草的高低贵贱和大高洋古,都来自我们对社会、对人生、对文学、对艺术浅薄的认知。

还有一种草,我也是早在少年读书时就知道但一直没有见过,是猪笼草。这种草,可以吃虫子,很有意思。一直到十几年前,我去新加坡,参观植物园,才第一次见到猪笼草,有大有小,长着长圆形的口,像嘴巴一样伸着,姜太公钓鱼一般,坐等着虫子上钩。在植物园的小卖部里,有卖猪笼草的,将它密封进一个水晶玻璃中,很是好看,我买了一个带回家,算是圆了一个少年时候的梦,不该算是我嫌贫爱富。

另外有一种草,也不能算是我嫌贫爱富,而是我心里一直残存的一点梦想和想象。它叫作书带草,其实就是麦冬草。这种草,很常见,并不是多么名贵的草。但是,也是在书中认识的它,而且在书中还知道了关于它的传说,说它和书生读书或抄书相关,后来又读到梁启超集的宋诗联"庭下已生书带草,袖中知有钱塘湖",便对它充满想象。

更重要的，是二十世纪七十年代末和九十年代末，以及 2009 年，我三次去扬州，拜谒史可法墓，都在祠堂前看到了青青的书带草，爬满阶前和甬道两旁。在我的眼里，它们是史可法的守护神，虽然柔细弱小，却集合如阵，簇拥在祠堂前，也簇拥在史可法墓前。那些书带草，让我难忘，总会让我想起与史可法一样的英雄文天祥的《正气歌》，便觉得这一片青青的书带草，应该叫作正气草。

那一排钻天杨

四十多年前,从北大荒回到北京不久,我搬家到陶然亭南。那里建有一排排红砖房的宿舍,住着的都是修地铁复员转业落户在北京的铁道兵。之所以从城里换房来到这里,是因为这里很清静,而且每户房前,有一个很宽敞的小院。

走出那片宿舍,有一条砂石小路通往大道,那里有一个公交车站,可以乘车坐几站到陶然亭,再坐一站,就到了虎坊桥。公交车站对面,马路旁有一排新栽不久的钻天杨,瘦弱的树后有两间同样瘦弱的小平房,这是一家小小的副食品商店,卖些油盐酱醋,同时兼管每天牛奶的发送。

买牛奶,需要事先缴纳一个月的牛奶钱,然后发一个证,每天黄昏到副食品店凭证取奶。母亲那一阵子大病初愈,我给她订了一袋牛奶。由于每天到那里取奶,我和店里的售货员很熟。店里一共就两位售货员,都是女的,一个岁数大些,一个很年轻。年轻的那一位,刚来不久。她个子不太高,面容清秀,长得纤弱,人很直爽,快言快语。熟了之后,她曾经不好意思地告诉我:没考上大学,家里非催着赶紧找工作,只好到这里上班。

知道我在中学里当老师,她让我帮她找一些高考复习材料,她想明年接着考。我鼓励她:对,明年接着考!有这个心劲儿,最重要!她又听说我爱看书,还写点儿东西在报刊上发表,对我另眼相看。每次去那里取奶或买东西,她都爱和我说话。

有一天,我去取奶,她特别兴奋,有些神秘兮兮地问我:今天在虎坊桥倒车,看见路旁的宣传栏里,用毛笔抄着两首诗,上面写着您的名字,那诗真的是您写的吗?

她说的那个宣传栏,是《诗刊》杂志社办的。那时候,《诗刊》刚刚复刊,工作人员会从每一期新出的《诗刊》挑选一些诗,抄在大白纸上,贴在宣传栏里。这个宣传栏,和当时《光明日报》的报栏相隔不远,成为虎坊桥的两大景观,常会吸引过往的行人驻足观看。百废待兴的新时代,一切都让人感到有种生气氤氲在萌动。那是我发表的第一组诗,也是唯一的一组。没有想到,她居然看到,而且比我还要兴奋。

她对我说:您要是我们的语文老师就好了!我觉得她的嘴巴挺甜,在有意地恭维我,但很受听。

那时候,买麻酱要证;买香油要票;带鱼则只有过春节才有。打香油的时候,都得用一个老式的长把儿小吊勺作为量器,盛满之后,通过漏斗倒进瓶里,手稍微抖搂一下,就会使盛进瓶里的香油的分量大不相同。每月每家只有二两香油的定量,各家打香油的时候,都不错眼珠儿地紧盯着,生怕售货员手那么一抖搂,自己吃了亏。每一次

197

我去打香油,她都会满满打上来,动作麻利。每一次我去买带鱼,她会把早挑好的大一些宽一些的带鱼,从台子底下拿给我。我感受到她的一番好意。那是那个时候她最大的能力了。

除了书和杂志,我无以相报。好在她爱看书,她说她以前是班上的语文课代表。我把看过的杂志和旧书借给她看,或者索性送给她。她几乎比我教的学生大不了一两岁,所以,她见到我就叫我肖老师,我知道她姓冯,管她叫小冯同学。

有一次,她看完我借给她的一本契诃夫小说选,还书的时候对我说:以前我们语文课本学过他的《变色龙》和《万卡》。我问她读完这本书,最喜欢哪一篇?她笑了:这我说不上来,那篇《跳来跳去的女人》,我没看懂,但觉得特别有意思,和以前学的课文不大一样。

我妈管这个副食店叫小铺,这是上一辈人的老叫法。在以往老北京大一些的胡同里,都会有着一个或两个副食店,方便百姓买东西,要是一个街巷没有小铺,总觉得像缺了点儿什么。所以,小铺里的售货员和街里街坊很熟络,街坊们像我现在称呼小冯同学一样,也是对售货员直呼其名的。这是农耕时代的商业特点,小本小利,彼此信任。年纪大的那位售货员指着小冯对我说,副食店刚建时我就来了,那时候和她年纪差不多。这一晃,十多年过去了。

日子真的不抗混,十多年,在老售货员眼里,弹指一挥间,在年轻的售货员眼里,却显得那么遥远。她曾经悄悄地对我说:您说要是我也在这里待上十多年,可怎么个熬法儿?她不喜欢待在这么个小铺里卖一辈子香油麻酱和带鱼,她告诉我想复读,明年重新参加高考。

那一年,中断了整整十年的高考刚刚恢复。因为母亲的病,我没有参加这第一次高考。她参加了,却没有考上。第二年,也就是1978年的夏天,我和她相互鼓励着,一起到木樨园中学参加高考的考试。记得考试的第一天,木樨园中学门口的人乌泱乌泱的,黑压压拥挤成一团。我去得很早,她比我去得还早,正站在一棵大槐树下,远远地冲我挥手。槐花落了一地,清晨的阳光透过密密的树叶,在她身上跳跃着斑斑点点的光闪。

高考放榜,我考上了,她没考上,差的分比前一年还多。从此以后,她不再提高考的事了,老老实实在副食店上班。

我读大学四年期间,把病刚好的母亲送到外地姐姐家,自己住学院的宿舍,很少回家,和她见面少了,几乎断了音信。

六年过后,我搬家离开了地铁宿舍。那时候,正是文学复兴的时期,各地兴办的文学杂志风起云涌,这样的杂志,我家有很多,一期期地积累着,舍不得扔,搬家之前收拾东西,才发现这些旧杂志把床铺底下挤得满满堂堂。便想起了这位小冯同学,她爱看书,把这些杂志送给她好。

捆好一摞杂志,心里想,都有六年没见她了,她会不会不在那儿了?抱着试一试的想法,我来到副食店,一眼就看见她坐在柜台里。看见我进来,她忙走了出来,笑吟吟地叫我。我这才注意,她挺着个大肚子,小山包一样,起码有七八个月了。我惊讶地问道:这么快,你都结婚了?

她笑着说：还快呢，我二十五岁都过了小半年！我们有同学都早有孩子了呢！

日子过得还不够快吗？我大学毕业都两年多了，一天天过去的日子，磨炼着人，也改造着人，就像罗大佑歌里唱的那样：流水它带走光阴的故事，改变了一个人。

我把杂志给了她，问她：家里还有好多，本来想你要是还想要的话，让你跟我回家去拿。看你这样子，还是我给你再送过来吧！她摆摆手说：谢谢您了。您不知道，自打结婚以后，天天忙得后脚跟到后脑勺，哪还顾得上看书啊！前两年，听说您出了第一本书，我还专门跑到书店里买了一本，不瞒您说，到现在还没看完呢！说罢，她咯咯笑了起来。

话虽这么说，她还是跟店里的那位老大姐请了假，要和我回家取杂志。我对她说，你挺着大肚子不方便，就别跑了，待会儿我给你送来！她一摆手说：那哪儿行啊！那显得我的心多不诚呀！便跟着我回家抱回好多本杂志，我只好帮她提着一大摞，护送她回到副食店，对她说：这么沉，你怎么拿回家？她说：一会儿打电话，让孩子他爸来帮我扛回家。这可是我们一家三口的宝贝呀！说完，她咯咯又笑了起来。旁边那位老大姐售货员指着她说：见天就知道笑，跟得了什么喜帖子似的！

那天告别时，她挺着大肚子，特意送我走出副食店。正是四月开春的季节，路旁那一排钻天杨的枝头露出了鹅黄色的小叶子，迎风摇曳，格外明亮打眼。在这里住了小九年，我似乎是第一次发现这钻天杨的小叶子这么清新，这么好看。

她见我看树，挺着肚子，伸出手臂，比画着高矮，对我说：我刚到副食店上班的时候，它们才这么高。我一蹦就能够着叶子，现在它们都长这么高了。

从那以后，我再没见过小冯同学。

前些日子，我参加一个会议，到一座宾馆报到。那座宾馆新建没几年，设计和装潢都很考究，宽阔的大厅里，从天而降的瀑布一般的吊灯，晶光闪烁。一位身穿藏蓝色职业西式裙装的女士，大老远挥着手臂径直走到我的面前，伸出手来笑吟吟地问我：您是肖老师吧？我点点头，握了握她的手。她又问我：您还认得出我来吗？起初，我真的没有认出她，以为她是会议负责接待的人。她笑着说：我就知道您认不出我来了，我是小冯呀！看我盯着她发愣，她补充道：地铁宿舍那个副食店的小冯，您忘了吗？

我忽然想起来了，但是，真的不敢认了，她似乎比以前更漂亮了，个子高了许多，也显得比实际年龄要年轻许多。那一刻的犹豫之间，她已经伸开双臂，紧紧地拥抱了我。

我对她说了第一眼见到她的感受，她咯咯笑了起来，说：还年轻呢？明年就整六十了。个子还能长高？您看看，我穿着多高的高跟鞋呢！

她还是那么直爽，言谈笑语的眉眼之间，恢复了以前的样子，仿佛岁月倒流，昔日重现。

她一直陪着我报到领取会议文件和房间钥匙，又陪着我乘电梯上楼，找到住宿的房间。我一直都认为她是会议的接待者，正想问问她是什么时候从副食店跳槽的，她的手机响了。她接电话的时候，我听出来了，她是这家宾馆的副总，电话那边在催她去开会。我忙对她说：快去忙你的吧！

她不好意思地说：您看，我是专门等您的。我在会议名单上看到您的名字，就一直等着这一天呢！我和您有三十多年没有见了。今晚，我得请您吃饭！我已经订好了房间，请我们宾馆最好的厨师，为您做几道拿手好菜！您可一定等着我呀！

晚餐丰盛又美味。边吃边谈，我知道了她的经历：生完孩子没多久，她就辞掉副食店的工作，在家带孩子，孩子上幼儿园后，她不甘心总这么憋在家里，用她自己的话说"还不把我变成甜面酱里的大尾巴蛆？"便和丈夫一起下海折腾，折腾得一溜儿够，赔了钱，也赚了钱，最后合伙投资承包了这个宾馆，她忙里忙外，统管这里的一切。

她说：中学毕业去副食店工作，到今年整整四十年。您看看这四十年我是怎么过来的！

我说：你过得够好的了！这不是芝麻开花节节高吗？

她咯咯地笑了起来：还节节高呢！您忘了您借给我的那本契诃夫小说选了吗？您说我像不像那个跳来跳去的女人？

我也笑了。很多往事，借助于书本迅速复活，立刻像点燃的烟花一样明亮。

那天晚上分手的时候，我问她，那个小小的副食店，现在还有吗？

她忍不住又笑了起来：那么小跟芝麻粒一样的副食店，现在还能有吗？早被连锁的超市取代了。然后，她又对我说，一看您就是好长时间没到那边去过了。什么时候，我陪您回去看看，怀怀旧？

她告诉我，那一片地铁宿舍，二十多年前就都拆平，盖起了高楼大厦，副食店早被淹没在楼群里了。不过，副食店前路旁那一排钻天杨，倒是没有被砍掉，现在都长得有两三层楼高了，已经成了那个地带的一景儿了呢！

钻天杨，她居然还记得那一排钻天杨。

杏花如雪

　　两年前的春天，我对面一楼的房子易主。新主人是位四十岁左右的妇女，带着一个十多岁的女儿。她们娘儿俩住进之后，一天到晚脚不拾闲地忙活，主要在收拾屋子。上一家的主人有些邋遢，弄得屋子凌乱不堪。收拾完屋子，她们又马不停蹄地收拾院子。一楼的住户前面都有一个朝阳的小院，一般人家种些花草或蔬菜，收拾得干净利索，既美观又实用。这个院子却和屋子一样凌乱，懒人有懒办法，为了遮掩屋子的凌乱，搭了木架子，种了一架藤蔓式的植物，不知道叫什么名字，起码夏秋两季绿叶密不透风，从窗台爬满房檐，根本看不见屋子的模样。院子里，杂草丛生，冬天，几只野猫在那里猫冬。把屋子和院子收拾利索之后，娘儿俩买来了三棵小树。汽车把树拉来，工人把树扛到院里，和娘儿俩一起把树种下。正是春天花红柳绿的时候，小树的枝叶葱茏，绿得格外清新，给小院一下子带来了春天的气息。枝叶摇曳在窗前和门前，屋子也显得神清气爽。

　　几乎每天下楼，我都会和这娘儿俩打照面。彼此寒暄之后，渐渐熟络了起来。我问她们这种的是什么树？她们告诉我是杏树。我吃过杏，从来没见过杏树。或许见过，但并不认识。我知道杏树开白花，但梨树也开白花，山桃最初开出的小花也是白色的。分不清这三种树，闲聊时候，便好奇地请教她们娘儿俩。

母亲长得有点儿像演员张凯丽，大脸膛，慈眉善目，脾气柔顺，很耐心地告诉我：山桃开花早，这三种树，山桃最先开。然后，杏花才开；最后，梨花才开。梨花一般要到清明前后才开的。你分清这前后的次序，就好分辨了。女儿性子急，对我说：等明年，春天这三棵杏树开花了，你看看，不就知道了嘛！母亲笑着指责女儿：看你这孩子！哪儿有这么跟大人说话的。

我依然好奇，母亲怎么知道这么多，分得清桃杏梨花的。

母亲对我说：从小在农村长大。原来老家屋前就种着杏树……女儿抢过母亲的话说：是我姥姥种的，种了好多棵，结的大白杏，可好吃呢！母亲望着女儿，又笑了起来。

她们娘儿俩在这里住了两个多月，夏天刚刚到来的时候，来了一辆宝马小汽车，从车上下来一个男人，像是女孩的父亲，帮她们从屋子里扛出行李等好多东西，锁上了大门，像是要离开的样子。

我很奇怪，刚买了房子，住了才两个多月，就要走。不住了吗？那买的房子是为了投资吗？如果是为了投资，人又不住，一般不会花那么多钱在房前种树呀，是为了给房子增值吗？

我走过去，问母亲：你这是要去哪儿啊？

母亲告诉我：我家住沈阳，这不，孩子她爸爸来接我们回去了，在这里住的时间不短了，家里也需要照顾。

我又问她：你什么时候回来呀？她说：明年，明年开春就回来，带我妈一起回来，买这个房子，就是为了给我妈住的。老太太在农村辛苦一辈子了，我爸爸前不久去世了，就剩下老太太一个人，想让她到城里享享福。孩子她爸爸说到沈阳住，我就对孩子她爸爸说，这些年，你做生意挣了钱，不差这点儿钱，老太太就想去北京，就满足老太太的愿望吧！到时候，我就提前办了退休手续，让孩子她爸爸把公司开到北京来，一起陪陪老太太。

她说着，瞥了一眼站在旁边的孩子她爸爸，他搂着女儿，偷偷地笑。

这不，老太太稀罕老家门前的杏树，我特意先来北京买房，把杏树顺便也种上，明年，老太太来的时候，就能看见杏花开了！

听了她的这一番话，我的心里挺感动，难得有这样孝顺贴心的孩子。当然，也得有钱，如今在北京买一套房，没有足够的"兵力"支撑，老太太再美好的愿望、女儿再孝敬的心意，都是白搭。还得说了，有钱的主儿多了，也得舍得给老人花钱，老人的愿望，才不会是海市蜃楼，空梦一场。

我不由得冲她，也冲她的男人竖起了大拇哥。

明年见！她钻进小车，冲我挥挥手，汽车扬尘而去。第二年的春天，她家门前的三棵杏树都开花了。别看杏树长得都不高，开出的花却密密实实的，非常繁茂。我仔细看杏花，和山桃，和梨花，都是五瓣，都是白色，还是分不清它们，好像它们是一母同生的三胞姊妹。

可是，这家人都没有来。杏花落了一地，厚厚一层，洁白如雪。

房门还是紧锁着。

今年的春天，杏花又开了，又落了一地，洁白如雪。依然没有看到这家人来。这让我有些奇怪，怎么说好了，一连两年都没有来呢？也可能是她还远远不到退休的年龄，办不成退休的手续；或者是孩子她爸爸的生意忙，脱不开身。反正房子是先买下了，重头戏先有了，早一年，晚一年，都不是紧要的事。

家里人嘲笑我是闲吃萝卜淡操心，人家的老太太来不来的，肯定有人家的原因。可是，只要一想起不仅能够为自己的母亲买下北京那么贵的房子，还能够为自己的母亲种下钟情的三棵杏树，这样的女人，真不是一般的女人，不是所有的人，都能够做到这样的。心里便总有些挂念，真想见见这位怎么就这么有福气的老太太。

一地杏花，那么厚，被风一点点地吹干净了。叶子长出来了，先小后大，先红后绿，三棵杏树换装了，似乎不急了，静静地等候着来年春天再开花的时候迎接主人。

清明到了，梨花一片雪，替班一样，接替了杏花，用几乎同样的容颜装扮着这个渐行渐远的春天。对面一楼那座房子还是空着，长满绿叶的杏树，寂寞无主，摇曳在门前和窗前。

清明过后的一个夜晚，我忽然看见对面一楼房子的灯亮了。主人回来了。尽管没有赶上杏花盛开，毕竟还是回来了。忽然，心里高兴起来，为那个孝顺的女人，为那个从未见过面的老太太。

第二天上午，我在院子里看见了那个女人，触目惊心的是，她的臂膀上戴着黑纱。问起来才知道，去年春天要来北京的时候，老太太查出了病,住进了医院,盼望着老太太病好,却没有想到老太太没有熬过去年的冬天。今年清明,把母亲的骨灰埋葬在老家,祭扫之后,她就一个人来到北京。

她有些伤感地告诉我,这次来北京,是要把房子卖了。母亲不来住了,房子没有意义了。

房子卖了,三棵杏树还在。每年的春天,还会花开一片如雪。

小满

二十四节气中，有几个，我一直不甚了了。小满是其中一个。

最初认识小满，是读孙犁先生的小说《铁木前传》，里面有个人物，名字叫小满，是个十九岁的姑娘，性格活泼，挺招人喜欢的。她和孙犁先生以前笔下的女人不一样，甚至有些另类。我猜想，孙犁先生给她起这样的名字，就是让她在那个变革的年代里，更充满对爱和对新生活的渴望吧？而只有在这样年轻的时候，才会有这样清新的朝气和天真的憧憬。

最近上映的电影《万物生长》，男主人公秋水初恋情人的名字，也叫小满。这可是真有点儿英雄所见略同。当然，我国的二十四节气，适合给人起名字，这里暗合着民俗中的文化密码。这个小满十七岁，和孙犁的小满一样，也是对爱情和新生活充满渴望和憧憬，让人心存怜爱。也许，在文学作品里，只有初恋小姑娘的名字，才可以叫小满吧。

小满小满，小麦渐满。民谣里这样说，说的是小满节气的到来，小麦刚刚灌浆，青青的麦穗初露，远非到了一片金黄的成熟时候。节气和姑娘初恋的形象完全吻合，和那时姑娘的生理与心理完全吻合：

只是小满，远非丰满；只是灌浆初始的青涩初恋，远非血脉偾张的炽烈热恋；只是麦穗在初夏的风中羞涩地轻轻摇曳，和清风说着似是而非的缠绵情话，远非在酷烈的热风中沉甸甸垂下金碧辉煌的头，摆出一副曾经沧海看穿一切、万事俱备只待开镰收割的骄傲样子。

小满，真是人生的一个好节气。如果说料峭的立春和春分，还是个不谙世事的小姑娘，萧瑟的小雪和小寒，已是一头霜雪的老太太了；小满则是立在这两者之间最富有生机和朝气的年轻姑娘。这个时候的姑娘，涉世未深，清浅如水，却已不再是一汪雨过地皮湿没心没肺的小水泡，更不是一潭幽深莫测的桃花水。

纵使孙犁笔下的小满，是泛着载不动许多愁的一泓池水；纵使电影屏幕中的小满，是连一叶扁舟都没有驶向对岸的一湾湖水，却都是清澈的还没有被污染的水。小满，之所以让人怜爱，正在于此。世界上还有比初恋更让人觉得美好而值得回忆的吗？初恋是小荷才露尖尖角，是轻翰掠雨绡初剪，是圆荷浮小叶，细麦落轻花，那样的清浅可爱，那样的天真纯洁，那样的美好动人。

小满大风，树头要空。这是另一句民谣，说的是在小满时节，忌讳刮大风。因为树的枝头上结出的果实尚未饱满，禁不住大风，会被吹掉。人生中对待同样时候的孩子们，切忌的也是大风来袭。

有一段时间，也就是我们年轻的时代，讲究的是年轻人要到大风大雨中去锻炼。那时候，高尔基的一篇《海燕》格外风靡，号召年轻人像海燕一样，让暴风雨来得更猛烈些吧！自然，这一切都是那个过去时代的口号。人生和节气一样，不是口号，而是自然的过程，要遵循客观规律才是。小满时,哪里经得住大风甚至暴风雨的洗礼呢?正如民谣所说,小满大风,树头要空。我们那一代人的青春是两手空空,就像林子里的过火木一样,徒留下历史大风掠过之后千疮百孔的痕迹斑斑。

在北大荒,这个节气正是放蜂人来此安营扎寨的时候。这时候,林中树木的各种花相继盛开了。有民谣说,小满时候置蜂箱,放蜂酿蜜好风光。北大荒的椴树蜜和野花蜜,一直很有名。大自然懂得,小满是蜜蜂采花酿蜜的好时候。我们人更应该懂得,人生的小满时节,是年轻人花朵般开放的初恋好时候,少挑刺多栽花,少刮风多酿蜜,才是正经的事由。

水房前的指甲草

我们大院，有一个水房。我猜想，它肯定不是最早设计的时候就有的，而是民国时期北平城有了自来水后建的。水房在我们大院中间的院子里，这个中院，是我们大院前、中、后这三个院落里最大的一个院子。据说，之所以特别宽敞，有别于一般三进三出的四合院的格局，是因为有前清时期留下来的三棵老枣树，中院的格局与大小，是以这三棵老枣树为中心设计而成。这个中院建的另外一个特别之处，是东西两侧厢房各多出一间房子，分别是当年的水房和厨房。老格局的厢房，都是一溜儿三间，不会是四间的。这证实了我的判断，水房是后建的没有问题。为了对称，在建水房的时候，在西边建了一间厨房。幸亏中院大，多盖出的东西两间房，一点儿也不显山显水，以为最早就是这样盖的呢。也正因为中院大，水房才建在这里。

我小时候，水房还是作为水房用的。一条水管子有个弯头，前后接出一截儿，一头在水房里面，一头在水房窗户外面，各有一个水龙头。天冷的时候，外面的水管子冻住了，可以到里面去接水。天暖和的时候，屋里屋外两头都可以接水。为此，水房前后各有一扇门。我们家就是要从外面的门进水房打水。水房成为我们大院里的客厅，人们在打水的时候，可以站在水房内外聊天。

最早大院住户不多的时候，水房这样两个水龙头就够用了。后来，搬进来的人家多了，水房常常人满为患，打水的人们挤成一团，便在三个院子和东西两侧各装上了一个新的水龙头。房子不够住后，水房便成了住房，水龙头只留下了窗外的一头。

我读初二的时候，大院搬进来一户姓商的人家，是和原来住在东厢房中的赵家换的房。因为人口多，两间房子不够住，又租了对面的那一间水房，改造成住房。在我的印象中，我们大院的水房历史自此结束。

商家的先生在银行里做事，太太没有工作。他们有四个女儿，年龄分别相差有三四岁的样子，老闺女比我小五岁。奇怪的是，三个姐姐穿戴都十分漂亮，只有她永远穿一身灰了吧唧的旧衣服；更奇怪的是，他们一家人分别住在东厢房里，只有老闺女住在水房里。那时，水房不仅住老闺女，还被他们家改造成了厨房。

大院里那些好奇而快嘴的大婶和婆婆们私下里议论，说老闺女不是商太太亲生的，是商先生的私生女，所以才遭受如此待遇。也有人说，是因为老闺女长得难看。这个疑团，雾一样，弥漫在商家和大院里，似是而非，好久也没有人弄得清楚。

我私下将她与她那三个姐姐对比，她是长得有些难看，瘦小枯干，面色蜡黄，像根豆芽菜。但她有个好听而洋气的名字，叫曼莉。她家人真会起名字。

那时,她上小学三年级,上学背着一个洗得都褪了色的蓝布书包,像贴在屁股后面的一块褯子布;放学回来,放下书包,就系上围裙,开始干活儿。她妈妈总是颐指气使地让她干这干那,她爸爸在一旁,屁也不敢吭一声。这么小的年纪,干这么多的活儿,有时候她妈妈还嫌她干得不好,举手就打,简直比保姆还不如。街坊们没少这样骂商家两口子。最让人看不过去的,是晚上睡觉,让曼莉睡在厨房里不算,还没有床,只能睡在吃饭用的小石桌上,连腿都伸不开。

曼莉是他们家的灰姑娘。

曼莉很少和我们一起玩,也很少和我们说话。因为她总是在干活儿。我们也很少见到她和她姐姐们一起玩,或一起说话,好像她们没有一点儿血缘关系,只是陌生人。即使是陌生人,见了面也应该打个招呼吧?但那三个姐姐只会像她们的妈妈一样,像吆喝一条狗一样吆喝她、指挥她替她们拿这拿那的。当时,我真的非常奇怪,这几个姐姐怎么和她们的妈妈是一个模子里刻出来的一样?即便她真的是一个私生女,就该是她的原罪要惩罚她到底吗?那时候,我刚刚读完美国作家霍桑的小说《红字》,心想那是她们刻在她脸上的红字,成心要羞辱她。她却是那样逆来顺受,好像一切就应该这样。

曼莉唯一的爱好,是养了一盆指甲草,说是盆,其实就是她家一个打碎了的腌菜罐子。这种草本的花,很好养活,埋在土里一粒花籽,几场雨后，一夏天就能开满星星点点的小红花。小姑娘都爱用捻碎了的指甲草涂在指甲上臭美。曼莉也不例外，用指甲草染红自己的指甲，却被她妈妈看见，劈头盖脸骂了她一顿，非逼着她洗掉。而她的姐姐们十指涂抹得猩红猩红的，却不见她妈妈有任何反应。

我们大院的孩子都替曼莉鸣不平，也曾经大义凛然地联名写信告了曼莉妈妈一状。在信里我们说起码几个姐妹应该一视同仁，不应该让曼莉再住在水房的小石桌上。夏天还好，冬天睡在上面多凉呀！

在那封信上，我们每个人郑重其事地签上了自己的名字，然后把信寄到了派出所。没过几天来了一个女警察到她家。那一天，我们都很兴奋，等待着信能像一枚爆竹爆炸，蹿起冲天的烟火，可以好好教育教育这个恶老太太。那个女警察在商家待了好长时间，天快擦黑的时候才走。我们看见商家老太太跟在女警察的屁股后面，屁颠儿屁颠儿的，恭恭敬敬地一直把女警察送出大院的大门。

第二天，这个恶老太太就站在水房门口，撂着脚地大骂："谁家的孩子有人养没人管，狗揽八泡屎，跑到老娘头上动土……"

后来，警察不来了，事情不了了之，她家形势依旧。曼莉依然住在水房里，睡在小石桌上。

那时，我们还是孩子，哪里肯甘心，警察来了，还这样嚣张！我们一帮孩子夜里常爬上房、踩她们家的屋顶，学猫叫，吓唬她们。要不就是看见曼莉的妈妈要上厕所了，我们提前钻进厕所里，关上门，让她着急，再怎么拍打厕所的门，我们就是不开。我们大院里，就这么一个公共厕所。我们管这种方法，叫作"憋老头儿"。以前，我们都是"憋老头儿";"憋老婆儿",这还是头一次,憋得我们特别开心解气。那时候,我们就是这样的可笑,忍受着大人们的骂,无能为力,又想替天行道,只能干这样可笑的事情。

对于曼莉,我们都是同情她的。那时,我们常恶作剧地偷走别人家摆在窗前的花呀鞋呀,然后丢到别处,或者干脆扔到房顶上,让人家急得到处乱找。但我们从来没有动过一次曼莉摆在水房前的指甲草。有一次,她妈妈嫌弃她的指甲草破破烂烂,把花扔进了垃圾桶。我们捡了回来,重新放在水房的窗前。曼莉看见了指甲草,冲我们笑了笑。那是我很少见到的她的笑脸。

曼莉的这盆指甲草,被她妈扔了好几次,都被我们又捡了回来,气得她妈也没那份耐心和心思再扔了。那时,我的同情心泛滥,觉得自己一腔正义,很想替她出口恶气,也很想找曼莉说说话,但是,我不知道该对她说些什么。安慰一下她吗?轻飘飘的话,打不起一点儿分量。而且,她也总是躲着我们,好像她妈叮嘱过她,不许她和我们来往。她妈一直嫉恨着我们曾经给派出所写过告状信。我只看见,每年曼莉都种指甲草,那盆指甲草每年都开得挺红火的。曼莉唯一的乐趣,就都在那盆指甲草上了。

我刚上高一那一年的秋天,一天放学,突然听到曼莉死了的消息,说是从护城河捞上来她的尸体,全身都被水泡肿了。

我真的很吃惊。护城河离我们大院很近,穿过北深沟,或者穿过三中心小学东边的小道,没多远,就走到了。那时候,曼莉在三中心读小学还没有毕业。她可能放学之后就是顺着这条小道跑到护城河边的。那天晚上,我一个人顺着三中心小学东边的这条有些弯弯曲曲的小道,跑到护城河边,想着曼莉是从这里纵身一跃跳进了河水里,心里很难受。她还那么小,怎么有这么大的勇气,跳进了秋天已经很凉的河水里了呀!

除了母亲的死,这是我童年少年时期见到的第一个死亡。母亲死的时候,我的年龄还小,记忆并不深刻。这一次,曼莉的死,正值我有些多愁善感的青春期,记忆特别深刻。在我的记忆里,除去我的母亲,这是我们大院里第一个死去的人。死去的如果是寿终正寝的老人,也算不得什么,死去的是一个还在含苞待放的小姑娘呀。很长一段时间里,我的眼前总会浮现出曼莉的影子。走过水房前,我的心里会涌出一阵伤感和愤恨。

全院的人,谁也不知道曼莉是为什么而死的,但谁又都清楚曼莉是为什么而死的。我们大院的孩子们,对商家一家尤其是老太太充满了憎恶。谁知他们一家却跟什么事情都不曾发生过一样,没过多久,便在水房边上又盖起了一间房,把水房里一切曼莉用过的东西,包括那张小石桌和那盆指甲草全部扔掉,然后重新装修一番,在地上墁上了方砖,作为他们家的客厅。那时候,她的二姐正和一个海军中尉搞对象,天天晚上在里面跳舞。舞曲悠扬中,他们不觉得曼莉的影子会时时出现,睁大了眼睛瞪着他们吗?

第二年的夏天,水房的窗缝儿里冒出了一株绿芽,几场雨过后,很快就长大,竟然是指甲草,一定是原来那盆指甲草的种子落在了窗台的泥缝里。看见那小红花开出来,我的心里无比伤感。我永远不会忘记风中那一株指甲草瘦弱单薄的样子,它像一根针深深地刺疼了我。那天的黄昏,趁他们家没人,我狠狠地扔了一块砖头,砸碎了水房的窗玻璃。碎玻璃碴子溅在指甲草上,星星点点,在夕阳下反着光,像眼泪。

辑五

允许自己做个幸福的人

荔枝

我第一次吃荔枝，是28岁的时候。那时，我刚从北大荒回到北京，家中只有孤零零的老母。我站在荔枝摊前，脚挪不动步。那时，北京很少见到这种南国水果，时令一过，不消几日，再想买就买不到了。想想活到二十八岁，居然没有尝过荔枝的滋味，再想想母亲快七十岁的人了，也从来没有吃过荔枝呢！虽然一斤要好几元，挺贵的，咬咬牙，还是掏出钱买上一斤。那时，我刚在郊区谋上中学老师的职，衣袋里正有当月42元半的工资，硬邦邦的，鼓起几分胆气。我想让母亲尝尝鲜，她一定会高兴的。

回到家，还没容我从书包里掏出荔枝，母亲先端出一盘沙果。这是一种比海棠大不了多少的小果子，居然每个都长着疤，有的还烂了皮，只是让母亲一一剜去了疤，洗得干干净净。每个沙果都显得晶光透亮，沾着晶莹的水珠，果皮上红的纹络显得格外清晰。不知老人家洗了几遍才洗成这般模样。我知道这一定是母亲买的处理水果，每斤顶多5分或者1角。居家过日子，老人就这样一辈子过来了。不知怎么搞的，我一时竟不敢掏出荔枝，生怕母亲骂我大手大脚，毕竟这是那一年里我买的最昂贵的东西了。

我拿了一个沙果塞进嘴里,连声说真好吃,又明知故问多少钱一斤,然后不住口说真便宜——其实,母亲知道那是我在安慰她而已,但这样的把戏每次依然让她高兴。趁着她高兴的劲儿,我掏出荔枝:"妈!今儿我给您也买了好东西。"母亲一见荔枝,脸立刻沉了下来:"你财主了怎么着?这么贵的东西,你……"我打断母亲的话:"这么贵的东西,不兴咱们尝尝鲜!" 母亲扑哧一声笑了,青筋突兀的手不停地抚摸着荔枝,然后用小拇指甲盖划破荔枝皮,小心翼翼地剥开皮又不让皮掉下,手心托着荔枝,像是托着一只刚刚啄破蛋壳的小鸡,那样爱怜地望着舍不得吞下,嘴里不住地对我说:"你说它是怎么长的?怎么红皮里就长着这么白的肉?" 毕竟是第一次吃,毕竟是好吃!母亲竟像孩子一样高兴。

那一晚,正巧有位老师带着几个学生突然到我家做客,望着桌上这两盘水果有些奇怪。也是,一盘沙果伤痕累累,一盘荔枝玲珑剔透,对比过于鲜明。说实话,自尊心与虚荣心齐头并进,我觉得自己仿佛是那盘丑小鸭般的沙果,真恨不得变戏法一样把它一下子变走。母亲端上茶来,笑吟吟顺手把沙果端走,那般不经意,然后回过头对客人说:"快尝尝荔枝吧!" 说得那般自然、妥帖。

母亲很喜欢吃荔枝,但是她舍不得吃,每次都把大个的荔枝给我吃。以后每年的夏天,不管荔枝多贵,我总要买上一两斤,让母亲尝尝鲜。荔枝成了我家一年一度的保留节目,一直延续到三年前母亲去世。

母亲去世前是夏天,正赶上荔枝刚上市。我买了好多新鲜的荔枝,皮薄核小,鲜红的皮一剥掉,白中泛青的肉蒙着一层细细的水珠,仿佛跑了多远的路,累得张着一张张汗津津的小脸。是啊,它们整整跑了一年的长路,才又和我们阔别重逢。我感到慰藉的是,母亲临终前一天还吃到了水灵灵的荔枝,我一直认为是天命,是母亲善良忠厚一生的报偿。如果荔枝晚几天上市,我迟几天才买,那该是何等的遗憾,会让我产生多少无法弥补的痛楚。

其实,我错了。自从家里添了小孙子,母亲便把原来给儿子的爱分给孙子一部分。我忽略了身旁小馋猫的存在,他再不用熬到二十八岁才能尝到荔枝,他还不懂得什么叫珍贵,什么叫舍不得,只知道想吃便张开嘴巴。母亲去世很久,我才知道母亲临终前一直舍不得吃一颗荔枝,都给了她心爱的太馋嘴的小孙子吃了。

而今,荔枝依旧年年红。

姐姐

这个世界上最先让我感受到至为圣洁宽厚的爱，而值得好好活下去的，一个是母亲，一个是姐姐。

一

年轻时，姐姐很漂亮，只是脾气不好，这一点儿随娘。在我和弟弟落生的时候，娘都把姐姐赶到远远的城外去，说她命硬，会冲了我们降生的喜气。我和弟弟都是姐姐抱大的，只要我们一哭，娘常常不问青红皂白地先把姐姐骂上一顿，或者打上几下。可以说，为了我和弟弟，姐姐没少受气，脾气渐渐变得暴躁并且格外拧。

可是，姐姐从来没对我和弟弟发过一次脾气。即使现在我们已经长大成人，在她眼里依然还像依偎在她怀中的小孩。

姐姐的脾气使得她主意格外大，什么事都敢自己做主。娘去世的那一年，她偷偷报名去了内蒙古。那时，正在修建的京包铁路线需要人。家里的生活也越发拮据，娘去世后一大笔亏空，父亲瘦削的肩已力不可支。临行前,姐姐特地在大栅栏为我和弟弟买了双白力士鞋,算是再为娘戴一次孝,还带我们到劝业场照了张照片。带着这张照片,姐姐走了,独自一人走向风沙弥漫的内蒙古,虽未有昭君出塞那样重大的责任,但一样心事重重地为了我们而离开了北京。我和弟弟过早尝到了离别的滋味,它使我们因过早品尝人生的苍凉而早熟。从此,火车站灯光凄迷的月台,便和我们命运相交,无法分割。

那一年,姐姐十七岁。

第二年,姐姐结婚了。她再一次的自作主张让父亲很是惊奇却又无奈。春节前夕,她和姐夫从内蒙古回到北京,然后回姐夫的家乡任丘。姐夫就是从那里怀揣着一本孙犁的《白洋淀纪事》参加革命的,脾气很好,正好和姐姐形成了鲜明的对比。

以后,我和弟弟便盼望着姐姐回来。因为每次姐姐回来,都会给我们带回许多好吃的、好玩的。我们还是不懂事的小馋猫呀!记得三年困难时期,姐姐到武汉出差,想买些香蕉带给我们,跑遍武汉三镇,只买回两挂芭蕉。那是我第一次吃芭蕉,短短的,粗粗的,口感虽没有香蕉细腻,却让我难忘。望着我和弟弟贪婪地吃着芭蕉的样子,姐姐悄悄落泪。那时,我不明白姐姐为什么要落泪。

那一次,姐姐和姐夫一起来北京,看见我和弟弟如狼似虎贪吃的样子,没说什么。正是我们长身体的时候,肚子却空空得像无底洞,父亲念叨着家里的粮食总是不够吃。姐姐掏出一些全国粮票给父亲,第二天一清早便和姐夫早早去前门大街全聚德烤鸭店排队。那时,排队的人多得不亚于现在办出国签证。我不知道姐姐、姐夫排了多长时间的队，当我和弟弟放学回家时，见到桌上已经摆放着烤鸭和薄饼。那是我们第一次吃烤鸭，以为这是世界上最好吃的东西了。望着我们一嘴油一手油可笑的样子，姐姐苦涩地笑了。

盼望姐姐回家，成了我和弟弟重要的生活内容。于是，我们尝到了思念的滋味。思念有时是苦涩的，却让我们的情感丰富而成熟起来。

姐姐生了孩子以后，回家探亲的日子越来越少。她便常寄些钱来，父亲拿这些钱照样可以买各种各样的东西给我们，我却感到越发思念姐姐了。我们盼望姐姐归来已经不仅仅因为馋嘴，一股浓浓的依恋之情已经长成枝繁叶茂的大树，即使无风，依然婆娑摇曳。

终于，又盼到姐姐回来了，领着她的女儿。好日子太不禁过，像块糖，即使再精心地含着，也还是越来越小。渴望中的重逢也必有一别。姐姐说什么也不要我和弟弟送，因为姐姐来的第二天，正是少先队宣传活动，我逃了活动挨了大队辅导员的批评。那一天中午，姐姐带我们到家附近的鲜鱼口联友照相馆。照相前，她没带眉笔，划着几根火柴，用火柴上燃烧后的可怜的一点点如笔尖上点金一样的炭，分别在我和弟弟眉毛上描了描，想把我们打扮得漂亮些。照完相回到家整理好行装，我和弟弟送姐姐她娘俩到大院门口，姐姐便不让送了，执意自己上火车站，走了几步，回头看我们还站在那里，便招招手说："快回去上学吧！"我和弟弟谁也没动，谁也没说话，就那样呆呆站着，望着姐姐的身影消失在胡同尽头。当我们看到姐姐真的走了，一去不返了，才感到那样悲恸，依依难舍又无可奈何。我和弟弟悄悄回到大院，一时不敢回家，一人伏在一棵丁香树旁默默地擦眼泪。

不知在那里站了多久，一直到一种梦一样的声音突然在耳边响起，我们抬头一看，竟不敢相信：姐姐领着女儿再次出现在我们的面前，仿佛她早已料到会有这样的场面一样。她摸摸我们的头说："我今儿不走了！你们快上学吧！"我们破涕为笑。那一天过得格外长！我真希望它能够永远"定格"！

二

在一次次分离与重逢中，我和弟弟长大了。1967年底，弟弟不满十七岁，像姐姐当年赴内蒙古一样自作主张地报名去青海支援"三线"建设，一腔天涯何处无芳草的慷慨豪壮。姐姐以为他去西宁一定要走京包线的，就在呼和浩特铁路站一连等了他三天。姐姐等不及了，一脚踏上火车直奔北京，弟弟却已走郑州直插陇海线，远走高飞了。姐姐不胜悲恸，把原本带给弟弟的棉衣给了我，又带我跑到前门买了顶皮帽，仿佛她已经有了我也要走的先见之明一样。我只是把她本来送弟弟的那一份挚爱与牵挂统统收下了。执手相对，无语凝噎，我才知道弟弟这次没有告别的分手，对姐姐的刺激是多么大。天涯羁旅，茫茫戈壁，会时时跳跃着姐姐一颗不安的心。

就在姐姐临走那天夜里，我隐隐听到一阵微微的哭泣声，禁不住惊醒一看，姐姐正伏在床上，为我赶缝一件棉坎肩。那是用她的一件外衣做面、衬衣做里的坎肩。泪花迷住她的眼，她不时要用手背擦擦，不时拆下缝歪的针脚重新抖起沾满棉絮的针线。

我不敢惊动她,藏在棉被里不敢动窝,眯着眼悄悄看她缝针、掉泪。一直到她缝完,轻轻地将棉坎肩放在我的枕边,转身要离去的时候,我怎么也忍不住了,一把伸出手,紧紧抓住她的胳膊。我本以为我一定控制不住,会大哭起来,可我竟一声没哭,只是一句话也说不出来,喉咙和胸腔里像有一股火在冲、在拱、在涌动……

我就是穿着姐姐亲手缝制的棉坎肩,带着她送我的棉衣、皮帽以及绵绵无尽的情意和牵挂,踏上北上的列车到北大荒的。那是弟弟走后不到一年的事。从此,我们姐仨一个东北、一个西北、一个内蒙古,离得那么远那么远,仿佛都到了天尽头。我知道以往月台凄迷灯光下含泪的别离,即使是痛苦的,也难再有了,而只会在我们各自迷蒙的梦中。

我和弟弟两个男子汉把业已年老的父亲孤零零地甩在北京。就在我离开家不久,父亲被人赶至两间破旧、矮小的房子里,原因是我家走了我和弟弟两个大活人,用不着那么大的空间,外加父亲曾经参加过国民党。老实又胆小的父亲便把家乖乖迁徙到这两间小黑屋中。最可气的是窗户跟前还有一个自来水龙头,全院人喝水洗涮全仰仗它,每天从早到晚的吵闹声使人无法休息,而且水洇得全屋地下潮漉漉的,爬满潮虫。

就在这一年元旦前夕,姐姐、姐夫来到北京开会。他们本可以住到招待所,可看到家颓败到这副模样,老人孤零零的如风中残烛,便没有住在别处,而在这潮漉漉、黑漆漆的小屋过夜,陪伴、安慰着父亲孤寂的心。这就是我和弟弟甩给姐姐的家。那一夜,查户口的突然不期而至，是为了给父亲耍耍威风看的。姐姐首先爬起床，气愤得很。查户口的厉声问："你是什么人？"姐姐嗓门一向很大："我是他女儿。"又问姐夫："你呢？"姐夫掏出工作证，不说一句话，他太清楚这些人的嘴脸，果然，他们客气地退出去了。那工作证上写着中共党员、呼和浩特铁路局监委书记。

姐姐、姐夫走的那一天清早，买了许多元宵，煮熟了吃时，姐姐、姐夫和父亲却谁也吃不下。元宵本该团圆之际吃，而我和弟弟却远走天涯。她回内蒙古后不时给父亲寄些钱来，其实那本该是我和弟弟的责任。姐姐也常给我和弟弟分别寄些衣物、食品，她把她和远逝的母亲对我们的爱，一并密密缝进包裹之中。她只要我常常给她写信、寄照片。

当我有一次颇为自得地写信告诉她我能扛起九十公斤重的大豆踩着颤悠悠三级跳板入囤时，姐姐吓坏了，写信告诉我她一夜未睡，叮嘱我一定小心，千万别跌下来，别让姐一辈子难得安宁。

又一次她看见我寄去的照片，穿着临走时她给我的那件已经破得不成样子的棉衣，上面还有我补得实在难看的补丁，腰扎一根草绳时，她哭了，哭得那样伤心，以致姐夫不知该怎么劝才好……

三

当我像只飞得疲倦的鸟又飞回北京时，北京没有如当年扯旗放炮欢送我一样欢迎我。可怜巴巴的我像条乞讨的狗一样，连一份工作都没有，只好待业在家，才知道无论什么时候只有家才是憩息地。

从我回北京那一月起，姐姐每月寄来30元钱，一直寄到我考入大学。似乎我理所应当从她那里领取这份"工资"。她已经有三个孩子，一大家子人。而那年我已经二十七岁！每月邮递员呼喊我的名字，递给我这份寄款单时，我的手心都会发热发颤。仿佛长得这么大了，我还是个嗷嗷待哺的孩子。脆薄的自尊与虚荣，常在这几张票子面前无地自容，又无法弥补。幸亏待业时间不长，一年多后，我找到了工作，在郊区一所中学教书。我把消息写信告诉姐姐，让她不要再寄钱给我，我已经有了每月42.5元的工资。谁知，姐姐不仅依然按月寄来30元钱，而且寄来一辆自行车，告诉我："车是你姐夫的，你到郊区上班远，骑车方便些，也可以省点儿汽车钱……"

我从火车货运站取出自行车，心一阵阵发紧。这辆银色的自行车跟随姐夫十几年。我感到车上有姐姐和姐夫的殷殷心意，觉得太对不起他们，不知要长到多大才不要他们再操心！

我盼望着姐姐能再来北京，机会却如北方的春雨般难得了。有一次姐姐突然来到北京，让我喜出望外。那是单位组织她到北戴河疗养。她在铁路局房建段当管理员，平凡的工作，却坚持天天不迟到、不请假，因此年年评什么先进工作者都要评上她。这次到北戴河便是对她的奖励，第一次，也是最后一次。十几年没见面了，姐姐明显老了许多，更让我惊奇的是，大热的天她还穿着棉毛裤。我问她怎么啦？她说早就得了风湿性关节炎。其实，我们小时候，她的腿就已经坏了，只是那时候我没注意罢了。我们长大了，姐姐老了，花

229

白的头发飘飞在两鬓。她把她的青春献给了内蒙古，也融入了我和弟弟的血肉之躯！

　　我和弟弟都十分想念姐姐。想想，以往都是她千里奔波来看我们，这次，我大学毕业，弟弟考取大学研究生，我们利用暑假，各自带着孩子专程去看望一下姐姐！这突然的举动，好让姐姐高兴一下！是的，姐姐、姐夫异常高兴，看见了我们，又看见了和我们当年一般大的两个孩子，生命的延续让人感到生命的力量。临离开北京前，我特意买了两挂厄瓜多尔进口大香蕉，那曾是小时候姐姐和我们最爱吃的。我想让姐姐吃个够！谁知，姐姐看着这样橙黄、硕大的香蕉，不舍得吃，非让我们吃。我和弟弟不吃，她又让两个孩子吃。两个孩子真懂事，也不吃。直至香蕉一个个变软、变黑，最后快要烂了，还是没人吃。没人吃，也让人高兴！姐姐只好先掰开一只香蕉送进嘴里："好！我先吃！都快吃吧，要不浪费了多可惜！"我从来没有吃过这样美味的香蕉！我想起小时候姐姐从武汉买回的那挂芭蕉。人生的滋味真正品味到了，是我们以全部青春作为代价。

　　昭君墓就在呼和浩特近郊，姐姐在这里生活了这么长时间，却从来没有去过一次。我们撺掇姐姐去玩一次。她说："我老了，腿也不行，你们去吧！"一想到她的老关节炎腿，也就不再劝，我们去的兴头也不大，便带着孩子到城里附近的人民公园去玩。不想那天玩到快出公园大门，天空突然乌云四布，雷雨大作。塞外的豪雨莽撞如牛，铺天盖地而来，那阵势惊人，不知何时才能停下来。我们只好躲在走廊里避雨，待雨稍稍小下来，望望天依然沉沉的，索性不再等雨过天晴，领着孩子向公园门口跑去。刚跑到门口，就听前面传来呼唤我和弟弟的声音。真没有想到，是姐姐穿着雨衣，推着车，站在路旁招呼着我们，后车座上夹满雨具，不知她在这里等了多久！雨珠一串串从打湿的头发梢上滚下来，雨衣挡不住雨水的冲击，姐姐的衣服湿漉漉一片，裤子已经完全湿透，紧紧包裹在腿上……

姐姐！无论风中、雨中，无论今天、明天，无论离你多近、多远，我会永远这样呼唤你，姐姐！

面包房

那时，我的孩子小，还没有上小学。晚上，我有时会带着他到长安街玩，顺便去买面包或蛋糕。长安街靠近大北窑路北，有家面包房，不大，做的法式面包和黑森林蛋糕非常好吃。关键是，一到晚上七点之后，所有的面包和蛋糕，包括气鼓、苹果派、核桃派，品种很多的甜点，一律打五折出售，价钱便宜了整整一半。当我和孩子发现了这个秘密后，这家面包房便成了我们常常光顾之地，对于馋嘴的孩子，这里如同游戏厅一样充满诱惑。

那时，售货员常常只剩下了一个人值班，坚守到把面包和蛋糕都卖出去。这是一个年轻姑娘，顶多二十三四岁的样子，有点儿胖，但圆圆脸膛，大眼睛，还是挺漂亮的。每次去，几乎都能够碰见她，孩子总要冲她阿姨阿姨叫个不停，我要买这个！我要买那个！静静的面包房，因为我们的闯入，一下子热闹起来。她站在柜台里，听孩子小鸟闹林一般叫唤不停，静静望着孩子，目光随着孩子一起在跳跃。

渐渐地，彼此都熟了。我们进门后，她会笑吟吟地对我们说：今天来得巧了，你们爱吃的黑森林还有一个没卖出去，等着你们呢！或者，她会惋惜地对我们说：黑森林卖没了，这个巧克力慕斯也不错，要不，你们可以尝尝这个绿茶蛋糕，是新品种。一般，我们都会听从她的建议，总能尝新，味道确实很不错。花一半的钱，买双倍的蛋糕或面包，物超所值，还有这样一个和蔼可亲又年轻漂亮的阿姨，孩子更愿意到那里去。

有时候，我们来得早了点儿，她会用漂亮的兰花指指指墙上的挂钟，对我们说：时间还没到呢！屋子不大，这时候客人很少，有时根本没有，她就让我们在仅有的一对咖啡座上坐一会儿，严守时间。等到挂钟的时针指向七点的时候，她会冲我们叫一声：时间到了！孩子会像听到发号令一样，先一步蹿上去，跑到柜台前，指着他早就瞄准好的蛋糕和面包，对她说要这个！她总是笑吟吟地看着孩子，听着孩子麻雀一样叽叽喳喳地叫个不停，然后用夹子把蛋糕和面包夹进精美的盒子里，用红丝带系好，在最上面打一个蝴蝶结，递到我们的手里，道声再见后，望着我们走出面包房。有一次，她有些羡慕地对我说：这孩子多可爱呀，有个孩子真好！

面包房伴孩子度过了童年，在孩子小学三年级的时候，那一年的暑假，我们去面包房几次，都没有见到她。新的售货员一样很热情，买好蛋糕和面包，走出面包房，孩子悄悄地问我：怎么那个阿姨不在了呢？会不会下岗了呀？那时，他们班上好几个同学的家长下岗，阴影覆盖在同学之间，孩子不无担心。面包房里这个好心漂亮的阿姨，是看着他长大的呀。

下一次来买面包的时候，我问新的售货员原来总值晚班的那个胖乎乎的售货员哪儿去了，怎么好长时间没见了？新售货员告诉我：她呀，生孩子，在家休产假呢！不是下岗，孩子放心了。那天，多买了一个全麦的面包，里面夹着好多核桃仁，嚼起来很香。

等我再见到她，大半年过去了，孩子已经升入四年级，一个学期都快要结束了。我对她说听说你生小孩了，恭喜你呀！她指着我的孩子说：这才多长时间没见，您看您这孩子长这么高了！什么时候，我那孩子也能长这么大呀！我开玩笑对她说：你可千万别惦记着孩子长大，孩子真的长大，你就老喽！她嘿嘿地笑了起来说：那也希望孩子早点儿长大！

时光如流，一转眼，我的孩子到了高考的时候，功课忙，很少有时间再和我一起去面包房，偶尔去一趟，仿佛是特意陪我一样。特别是考入大学，交了女朋友之后，晚上要去的地方很多，比如，图书馆、咖啡馆、电影院、旱冰场、大卖场等等，面包房已经如飞快的列车驰过掠在后面的一棵树，属于过去的风景了。只有我常常晚上不由自主地转到长安街，拐进面包房。

这期间，面包房搬了一次家，从东边往西移了一下，不远，也就几百米的样子，门口装潢一新，还有霓虹灯闪耀。里面稍微大了一些，但还是很局促，不变的是，值晚班的还常常是这个胖乎乎的姑娘，不过，我是总这样叫她姑娘，其实，她已经变成了一位中年妇女了。没变的，是蛋糕和面包的味道，还保持原有的水平，只是价钱悄悄地涨了几次。

有一天，我去面包房，见我又只是一个人，她替我装好蛋糕和面包，问我：您的孩子怎么好长时间没跟您一起来了？我告诉她孩子上大学了。她点点头，然后笑着对我说：等再娶了媳妇就忘了爹娘，更不会跟您一起来了呢！我也跟着一起笑了起来。回家见到孩子后，我把她的话告诉给孩子听，孩子一下子很感动，对我说：您说咱们不过只是到她那里买打折的面包和蛋糕，这么长时间了，她还能记得我，这阿姨真的不错！我也这样认为，世上人来来往往，多如过江之鲫，莫说是萍水相逢了，就是相交很长时间的老朋友，有的都已经淡忘，如烟散去，何况一个面包房和你毫无关系的姑娘！

星期天，孩子专门陪我去了一趟面包房，一进门叫声阿姨，她抬头一望，禁不住说道：都长这么高了！又说你要的黑森林今天没有了。孩子说没关系，买别的。然后，两个人一个挑蛋糕和面包，一个往盒子里装蛋糕和面包，谁都没再说什么，但他们彼此望着，很熟悉，很亲近，那一瞬间，仿佛一家人。那种感觉，是我来面包房那么多次，从来没有过的。

有时候，我会奇怪地问自己：一个人，一辈子要走的地方很多，去的场所很多，一个小小的面包房，不过是你生活中偶然的邂逅，为什么会让你涌出了这样亲近、亲切又温馨的感觉？其实，哪怕是一棵树，和你相识熟了，也会有这样的感觉的，何况是人。因为熟悉了，又是彼此看着长大，在岁月的年轮里，融入了成长的感情，所买和所卖的面包和蛋糕里便也就融入了感情，比巧克力奶油慕斯或起司的味道更浓郁。

孩子大学毕业就去了美国留学，孩子走后，我很少去面包房。倒不是家里缺少了一只馋嘴的猫,少了去面包房的冲动,更主要的是自己也懒了,老猫一样猫在家里,不愿意走动,其实就是老了的征兆。那天,如果不是老妻要过本命年的生日,我还想不起面包房。生日的前一天,我对老妻说:我去面包房买个蛋糕吧!才想起来,孩子去美国几年,就已经有几年没有去过面包房了,日子过得这么快,一晃,七年竟然如水而逝。

那天晚上,北京城难得下起了雪,雪花纷纷扬扬的,把长安街装点得分外妖娆。老远就能看见面包房门前的霓虹灯在雪花中闪闪烁烁眨着眼睛,走近一看,才发现门脸新装修了一番,门东侧的一面墙打开,成了一面宽敞明亮的落地窗。走进去一看,今天难得的热闹,竟然有三个漂亮年轻的女售货员挤在柜台前,蒜瓣一样紧紧地围着一个二十来岁的姑娘,叽叽喳喳地说得正欢。扫了一眼,没有找到我熟悉的那个胖乎乎的售货员。因为去的时间早,还有十来分钟到七点,我坐在一旁,边等边听她们说话。听明白了,这个姑娘和我一样,也是等七点钟买打折蛋糕的。还听明白了,是给她的妈妈买生日蛋糕的。又听明白了,她的妈妈就是面包房里那三位女售货员的同事,她们其中的两位是从面包房后面的车间特意跑出来,聚在一起,正在帮姑娘参谋,让她买蛋糕之后再买几个面包,并对小姑娘说:你妈妈在这里工作了这么多年,都是值晚班卖打折的面包和蛋糕,自己还从来没买过一回呢!你得多买点儿!

七点钟到了,我走到柜台前,玻璃柜里只有一个黑森林蛋糕,一位售货员对我说:对不起,这个蛋糕已经有主儿了!她指指身边的姑娘。我说那当然！然后，我对姑娘说：你妈妈我认识！姑娘睁着一双大眼睛，奇怪地问我：您认识我妈？我肯定地说：当然！小姑娘更加奇怪地问：您怎么认识的？我笑着对她说：回家问问你妈妈就知道了！就说一个常常带着一个孩子来这里买蛋糕和面包的叔叔，祝她生日快乐！她还是有些疑惑，也是，几十年的岁月是一点点流淌成的一条河，怎么可以一下子聚集在一杯水里，让她看得清爽呢？我再次肯定地对她说：你回家和你妈妈一说，你妈妈就会知道的！

姑娘买好蛋糕和面包，走出面包房，身影消失在风雪之中，我转身问那三个售货员：她的妈妈是不是你们面包房里那个胖乎乎的售货员？她们都惊讶地点头，问我：您是她以前的老师吧？我笑而不答。她们告诉我她今年刚刚退休。这回轮到我惊讶了：这么早？她才多大呀！她们接着说：我们这里五十岁退休。竟然五十岁了！就像她看着我的孩子长大一样，我看着她的青春在面包房里老去，生命的轮回在我们彼此的身上，面包房就是见证。

苦瓜

原来我家有个小院，院里可以种些花草和蔬菜。这些活儿，都是母亲特别喜欢做的。把那些花草蔬菜侍弄得姹紫嫣红，像是给自己的儿女收拾得眉清目秀，招人眼目，母亲的心里很舒坦。

那时，母亲每年都特别喜欢种苦瓜。其实这么说并不准确，是我特别喜欢苦瓜。刚开始，是我从别人家里要回苦瓜籽，给母亲种，并对她说："这玩意儿特别好玩，皮是绿的，里面的瓤和籽是红的！"我之所以喜欢苦瓜，最初的原因是它里面的瓤和籽格外吸引我。苦瓜结在架上，母亲一直不摘，就让它们那么老着，一直挂到秋风起时，越老，它们里面的瓤和籽越红，红得像玛瑙、像热血、像燃烧了一天的落日。当我兴奋地将这像船一样盛满了鲜红欲滴的瓤和籽的苦瓜掰开时，母亲总要眯缝起昏花的老眼看着，露出和我一样喜出望外的神情，仿佛那是她的杰作，是她才能给予我的欧·亨利式的意外结尾，让我看到苦瓜最终具有了这朝阳般的血红和辉煌。

以后，我发现苦瓜做菜其实很好吃。无论做汤，还是炒肉，都有一种清苦味。那苦味，格外别致，既不会传染给肉或别的菜，又有一种苦中蕴含的清香，和苦味淡去的清新。

像喜欢院子里母亲种的苦瓜一样，我喜欢上了苦瓜这一道菜。每年夏天，母亲经常都会从小院里摘下沾着露水珠的鲜嫩的苦瓜，给我炒一盘苦瓜青椒肉丝。它成了我家夏日饭桌上一道经久不衰的家常菜。

自从这之后，再也见不到鲜红欲滴的苦瓜瓤和籽了，因为再等不到那个时候了。

这样的菜，我一直吃到离开了小院，搬进了楼房。住进楼房，我依然爱吃这样的菜，只是再也吃不到母亲亲手种、亲手摘的苦瓜了，只能吃母亲亲手炒的苦瓜了。

一直吃到母亲六年前去世。

如今，依然爱吃这样的菜，只是母亲再也不能为我亲手到厨房去将青嫩的苦瓜切成丝，再掂起炒锅亲手将它炒熟，端上自家的餐桌了。

因为常吃苦瓜，便常想起母亲。其实，母亲并不爱吃苦瓜。除了头几次，在我一再的怂恿下，她勉强动了几筷子，皱起眉头，便不再问津。母亲实在忍受不了那股异样的苦味。她说过，苦瓜还是留着看红瓤红籽好。可是，每年夏天当苦瓜爬满架时，她依然为我清炒一盘我特别喜欢吃的苦瓜肉丝。

最近，看了一则介绍苦瓜的短文，上面有这样一段文字："苦瓜味苦，但它从不把苦味传给其他食物。用苦瓜炒肉、焖肉、炖肉，肉丝毫不沾其苦味，故而人们美其名曰'君子菜'。"

不知怎么搞的，这段话让我想起母亲。

小城里的巴黎

布卢明顿是一座小城，只有6万人口，一半是印第安纳大学的师生。别看城小，到晚上和周末，城中心照样人满为患。这一个周末的晚上，我们从城中心一直往外走，快走到城边，才发现一家餐馆里有空座位。

这家餐馆叫作"小餐馆"。走进去，餐馆的老板笑吟吟地走了过来，招呼我们入座。餐馆里，灯光幽暗，抬头一望，发现餐馆是老厂房改建的，房顶上粗大的工业管道，恐龙骨架一般赫然在目。

老板是一个有些弓背的小老头儿，手里拿着一个点餐记录的小本。和在其他餐馆不同，他没有先问我们吃什么，而是随手将旁边餐桌前的一把椅子拉过来，坐在我们的面前，第一句话，先对我说了句英语，我没有听清他说的什么，他在他的小本上迅速地写上一行字，撕下来递给我。我才明白，他说我长得像一个电影演员，纸上写着演员的名字：Charles Bronson。我没有听说过这个名字，用手机上网一查，看到这个演员的照片，还真的有点儿像我。

他开始和我们聊起天来。他告诉我们，他是巴黎人，五十年前，来到这个小城。然后，他耸耸肩膀，对我们说：我到现在也没有融入这个社会，我也从来没有想要融入。我这才注意到，四周的墙壁上挂着的全部是巴黎街景的照片和法国印象派画家画的巴黎风景。他顽强地保存着对巴黎的记忆，以此和外部强悍和阔大的世界抗衡。

聊了一通天之后，他才问起我们吃点儿什么，在他的小本上记下之后，转身向厨房走去。我发现，并不是对我们这些中国人好奇，对每一桌的客人，他都是这样随手拉过一把椅子，坐下来和客人聊天。这不仅成为他独特的服务态度，也成为他和世界沟通和链接的方式。我只是非常好奇，他在巴黎待得好好的，为什么偏偏跑到这座偏远的小城？这座小城，和繁华的巴黎无法同日而语。五十年前，他只是一个毛头小伙子呀。心里暗想，除了爱情，对于一个毛头小伙子，还能够有什么别的原因更能让他抛离故土，远走江湖呢？

菜上来了，正宗的巴黎菜品，还有专门从巴黎空运过来的小瓶芥末。为我们上菜的是个墨西哥人。看来，老板只负责和顾客的沟通。过了一会儿，老板走了过来，指着桌子上的菜，说："五十年前，我第一次在这里看到三个中国人吃饭，像你们一样，把每一盘菜分成三份各自吃，我感到非常惊奇！"说罢，他笑了起来，笑得那样开心，仿佛五十年前的情景，依然状若眼前。

我很想趁机问问他五十年前为什么从巴黎跑到这里来？还没容我开口，一个身穿长裙瘦高个子的女人走了过来，凑在他的耳边说了句什么。他抱歉地对我们说："厨房里有些事情。"临走时，指着这个女人，向我们介绍："这是我的太太。"那女人冲我们嫣然一笑，和他一起走去了。看年龄,这个女人应该和老板差不多大;看模样,年轻的时候,一定是个美人。不用问了,我的猜测一定是对的,为了这样一个美人,巴黎人的浪漫,尤其是年轻的时候,是什么事情都能够做得出来的。

吃完饭后,走出餐厅,在门厅的墙壁上,看到了贴满一排发黄的旧报纸,一眼先看见报纸上几张照片里有一对青年男女。不用说了,就是五十年前的老板和他的太太。报纸上整版报道这一对巴黎男女五十年前刚刚来到这里的情景。

老板和他的太太都走出来送客。我指着报纸问老板:"五十年前,你多大年纪?"他告诉我:"今年我七十一岁了。"我告诉他:"我今年也七十一了。"他高兴地搂住我的肩膀一起照张相留个纪念。他对我说:"五十年了,这个餐馆也办五十年了!"

走出餐馆,看看门前贴的营业时间表,餐馆只有周末的晚上,和周三、周一的中午开门揖客。这是这家餐馆又一个与众不同之处。赚的钱够生活,见好就收,不想让工作压迫生活,足够潇洒,足够优雅。世上的爱情故事,见过不少,这样让巴黎的青春芳华在小城白头偕老的故事,第一次见到。春天的夜晚,满城的海棠和杜梨的花朵,和满天的星星,正在怒放。

2018 年 4 月 25 日于布卢明顿

超重

那天上午在机场送人，飞往法兰克福、伦敦、罗马和巴黎的航班，密集的雨点似的挤在一起。大概正赶上暑假结束，大学开学在即，到处可以看到推着装有大行李箱的推车的学生们，送行的父母特别多。候机厅里，家庭的气息一下子很浓，像是客厅，相似的面孔不停在眼前晃动。

不时有孩子进了里面去办理登机手续，家长只能够站在候机厅里等，儿行千里母担忧，他们都伸长了脖子，把望眼欲穿的心情付与人头攒动的前方。不时便又看见有孩子匆匆地从里面走了出来，给家长一个渴望中的喜悦。不过，我发现，匆匆出来的孩子大多并不是为了和送行的父母再一次告别，也很少见到有依依不舍的场面，那样的场面，似乎只留给了情人之间的拥抱和牵手。

站在我身边的是一位面容姣好的中年妇女，凉鞋露出的脚趾涂着鲜艳的豆蔻，这样风韵犹存的女人，在我们的电视剧里一般还要撒娇呢。现在，她像是只温顺的猫，眼神有些茫然。不一会儿，我看见一个大小伙子推着行李车，气冲冲地向她走来，没好气地对她嚷嚷道：

"都是你，让我带，带！都超重啦！"只听见她问："超了多少？"语气小心，好像过错都在自己的小媳妇。"10公斤！"只有儿子对母亲才会这样的肆无忌惮。听口音，是南方人。

于是，我看见母亲开始弯腰蹲了下来，把捆箱子的行李带解开，打开箱子。那是一大一小赭黄色的两个名牌箱。儿子也蹲下来，和母亲一起翻箱里的东西，首先翻出的是两袋洗衣粉，儿子气哼哼地嘟囔着："这也带！"然后又翻出一袋糖，儿子又气哼哼地嘟囔一句："这也带！"接着把好几铁盒的茶叶都翻了出来："什么都带！"母亲什么话都没说，看儿子天女散花似的把好多东西都翻了出来，面前像是摆起了地摊。最后，儿子把许多衣服和一个枕头也扔了出来，紧接着下手往箱底伸了，只听见母亲叫了声："被子呀，你也不带了！"

我有些看不过去，走了两步，冲那个一直气哼哼嘴噘得能挂个瓶子的儿子说："10公斤差不多了，你东西都不带，到了那儿怎么办？"儿子不再扔东西了，母亲站了起来，一脸忧郁，本来化得很好的妆，因出汗而坍塌显出些许的斑纹。"先去试试再说。"我接着对那个儿子说，他开始收拾箱子，母亲则把茶叶都从铁盒里掏出来，又塞进箱里。儿子推着行李车走了，我问那位母亲孩子去哪里，她告诉我去英国读书。她脚下的那些东西都散落着，稀泥似的摊了一地。

这时，我身旁另一侧，又有一个女孩推着车走到她的父母身边，几乎和那个男孩一样气哼哼的表情，把车使劲一推，推到她父亲的脚前，说了句："严重超重！"父亲和刚才这位母亲一样，立刻蹲下身子，替女儿打开行李箱，我一看，箱子里几乎全是吃的东西，而且全是麻辣的食品，不用说，来自四川。左翻翻，右翻翻，父亲权衡着取出什么好，女儿站在那里，用手扇着风，摸着脸上的汗，说着："这都是我想带的呀！"这让父亲为难了，倒是母亲在旁边发话了："把那些腊肠都拿出来吧，那玩意占分量。"父亲拿出了好几袋腊肠，又拿出好几管牙膏、一大罐营养品和几件棉衣，再盖箱子的时候，鼓囊囊的箱子像撒了气的气球似的，瘪下去了一大块。女儿风摆柳枝推着车走了，我悄悄地问她母亲这是去哪儿，回答说是去法国读书。

独生子女的一代，理所当然地觉得可以把一切不满和埋怨都发泄给父母。养儿方知父母恩，他们还没到明白父母心的年龄。他们可以埋怨父母的娇惯和期待超重，却永远不该埋怨父母对自己的情感超重。

窗前的母亲

在家里,母亲最爱待的地方就是窗前。

自从搬进楼房,母亲很少下楼,我们都嘱咐她,她自己也格外注意,知道楼层高楼梯又陡,自己老了,腿脚不利落,怕磕着碰着,给孩子添麻烦。每天,我们在家的时候,她和我们一起忙乎着做家务,脚不拾闲儿,我们一上班,孩子一上学,家里只剩下她一个人,没什么事情可干,大部分的时间里,她总是待在窗前。

那时,母亲的房间,一张床紧靠着窗子,那扇朝南的窗子很大,几乎占了一面墙,母亲坐在床上,靠着被子,窗前的一切就一览无遗。阳光总是那样的灿烂,透过窗子,照得母亲全身暖洋洋的,母亲就像一株向日葵似的特别爱追着太阳烤着,让身子有一种暖烘烘的感觉。有时候,不知不觉地就倚在被子上睡着了。一个盹打过来,睁开眼睛,她会接着望着窗外。

窗外有一条还没有完全修好的马路,马路的对面是一片工地,恐龙似的脚手架,簇拥着正在盖起的楼房,切割着那时湛蓝的蓝天,遮挡住了再远的视线。由于马路没有完全修好,来往的车辆不多,人也很少，窗前大部分时间是安静的，只有太阳在悄悄地移动着，从窗子的这边移到了另一边，然后移到了窗后面，留给母亲一片阴凉。

我们回家，只要走到了楼前，抬头望一下家里的那扇窗子，就能够看见母亲的身影。窗子开着的时候，母亲花白的头发会迎风摆动，窗框就像一个恰到好处的画框。等我们爬上楼梯，不等掏出门钥匙，门已经开了，母亲站在门口。不用说，就在我们在楼下看见母亲的时候，母亲也望见了我们。那时候，我们出门永远不怕忘记带房门的钥匙，有母亲在窗前守候着，门后面总会有一张温暖的脸庞。即使是晚上很晚我们回家，楼下已经是一片黑乎乎的了，在窗前的母亲也能看见我们。其实，她早老眼昏花，不过是凭感觉而已，不过，那感觉从来都十拿九稳，她总是那样及时地出现在家门的后面，替我们早早地打开了门。

母亲最大的乐趣，是对我们讲她这一天在窗前看见的新闻。她会告诉我们今天马路上开过来的汽车比往常多了几辆，今天对面的路边卸下好多的沙子，今天咱们这边的马路边栽了小树苗，今天她的小孙子放学和同学一前一后追赶着，跟风似的呼呼地跑，今天还有几只麻雀落在咱家的窗台上……都是些平淡无奇的小事，但她有枣一棍子，没枣一棒子地讲起来会津津有味。

母亲不爱看电视，总说她看不懂那玩意儿，但她看得懂窗前这一切，这一切都像是放电影似的，演着重复的和不重复的琐琐碎碎的故事，沟通着她和外界的联系，也沟通着她和我们的联系。有时候，望着窗前的一切，她会生出一些东一榔头西一棒子的联想，大多是些陈年往事，不是过去住平房时的陈芝麻烂谷子，就是沉淀在农村老家她年轻的回忆。听母亲讲述这些八竿子都打不到一起的事情的时候，我感到岁月的流逝，人生的沧桑，就是这样在她的眼睛里和窗前闪现着。有时候，我偶尔会想，要是把母亲这些都写下来，才是真正的意识流。

　　母亲在这个新楼里一共住了五年。母亲去世以后，好长一段时间，我出门总是忘记带钥匙。而每一次回家走到楼下的时候，总是习惯地望望楼上家的窗前，空荡荡的窗前，像是没有了画幅的一个镜框，像是没有了牙齿的一张瘪嘴。这时，才明白那五年时光里窗前曾经闪现的母亲的身影，对我们是多么的珍贵而温馨；才明白窗前有母亲的回忆，也有我们的回忆；也才明白窗前该落有并留下了多少母亲企盼的目光。

　　当然，就更明白了：只要母亲在，家里的窗前就会有母亲的身影。那是每个家庭里无声却动人的一幅画。

机场的拥抱

在南京机场候机回北京,来得很早,时间充裕,坐在候机大厅无所事事,看人来人往。到底是南京,比北京要暖,离立夏还有多日,姑娘们都已经迫不及待地穿上短裙和凉鞋了。坐在我对面的女人,看年纪有三十多了,也像个小姑娘一样,穿着一件齐膝短裙了,在和节气,也和年龄赛跑。

来了一对年老的夫妇,坐在我身边的空座位上。听他们一口纯正的北京话,就知道是老北京人。他们说话的声音有些大,显然是丈夫的耳朵有些背了,年龄不饶人。但看他们的年龄,其实也就七十上下,并不太大。听他们讲话,是在苏州无锡镇江转了一圈,从南京乘飞机回北京。

忽然,我发现他们的声音变得小了下来。这样小的声音,妻子听得见,丈夫却听不清楚了。但是,妻子依然压低了嗓音在说话,只不过嘴巴尽量贴在了丈夫的耳边。我隐隐约约听见的话,是"真像"!"太像了"!他们反复说了几遍,不尽的感叹都在里面了。

声音可以压低,像把皮球压进水底,目光却把心思泄露出来。顺着这对老夫妇的目光，我发现目光如鸟一样，双双都落在对面坐的这个女人的身上。

我才仔细地看了看这个女人，发现她的黑色短裙和天蓝色长袖T恤，还有脚上的一双白色耐克运动鞋，很搭。还有她的清汤挂面的齐耳短发，也很搭。当然，和她清秀的身材更搭。很像一位运动员。刚才只看到她的短裙，其实，短裙并不适合所有的女人。在她的身上，短裙却画龙点睛，让一双长腿格外秀美。

很像，这个女人很像谁呢？心里便猜，大概是像这对老夫妇的女儿了吧？天底下，能够遇到很相像的一对人的概率，并不高。刚看完电视剧《酷爸俏妈》，都说里面的演员高露长得极像高圆圆。这个女人，一定让这对老夫妇想起了自己的什么亲人。否则，他们不会这样悄悄议论。声音很低，却有些动情。能够让人动情的，不是自己的亲人，又会是谁呢？

我看见，妻子忽然掩嘴"扑哧"一笑，丈夫跟着也笑了起来。我猜想，笑肯定和对面这个女人有关，只是并没有惊动这个女人，她依然跷着秀美的腿，在看手机，嘴角弯弯的也在笑，但她的笑和这对老夫妇无关，大概是手机上的微信或朋友圈有了什么好玩的段子或信息。

要不你去跟她说一下？你去吧，我一个老头子，怪不好意思的……我听见老夫妇的对话，看着妻子站起身来，回过头冲着丈夫说了句：什么事都是让我冲锋在前头！便走到对面的女人的身前，说了句：姑娘，打搅你一下！女人放下手机，很礼貌地立刻站起来，问道：阿姨，您有什么事吗？是这样的，你长得特别像我们的女儿。说着，妻子打开自己的手机给这个女人看，大概是找到自己的女儿的照片，这个女人禁不住叫了起来：实在是太像了！怎么能这样像呢！我忍不住看了一眼身边的这位丈夫，一直笑吟吟地望着这个女人。

我们想和你一起照张相，不知道可以不可以？妻子客气地说。太可以了！待会儿我还得请您把您女儿的照片发我手机上呢！

丈夫站了起来，走到这个女人的身边，妻子冲我说道：麻烦你帮我们照张相！把手机递到我的手中。我没有看到手机上的照片，不知道他们的女儿和他们身边的这个女人到底有多像，但从他们的交谈中知道女儿十多年前去美国留学，毕业后留在美国工作，工作忙，孩子又刚读小学离不开人，已经有五年没有回家了。思念，让身边的这个女人像女儿的指数平添了分值。

照完了相，我把手机递给妻子的时候，听见丈夫对这个女人说了句：孩子，我能抱你一下吗？女人伸出双臂紧紧地拥抱住了他。我看见，他的眼角淌出了泪花。我没有想到的是，那一刻，这个女人也流出了眼泪。

平安报与故人知

家对门一楼的小院里，种着两株杏树，今年开花比往年早一个多星期，根本不管疫情肆虐全球，烂烂漫漫，满枝满丫，开得没心没肺。这家主人，每年春节前都会携妇将雏全家回老家过年，破五后回来。今年破五了，元宵节过了，春分都过了，清明也过了，他们还没能赶回家，不知是在哪里受阻了。屋子里始终是暗的，晚上没见到灯亮，月色中显得有些凄清。小院里，任凭杏花开了，落了，一地缤纷如雪，又被风吹走，吹得干干净净。小院一直寂寞着，等候主人的归来。

在这样非常时期，没有什么比平安归来更令人期待了。毕竟是家，平安归家，是世上所有人心底最重要的期盼。

闭门宅家，一天天地看着对门的杏花从盛开到凋零，到绿叶满枝，心里对这家人也充满平安的期待。其实，也是对所有人的期待。我的孩子在遥远的国外，很多朋友在外地，甚至有人就在最让人牵心揪肺的武汉和襄阳、宜昌等地。怎么能不充满期待与祈愿呢？

无事可做，翻书乱读，消磨时日，忽然发现我国古诗词中，写到平安的诗句非常多。这或许是因为心有所想才会句有所读吧。不过，确实俯拾皆是，足可见平安是从古至今人们心心相通的期待与祈愿。如果做大数据的统计，猜想"平安"会是在诗词中出现非常多的词语，可以和"山河""明月""风雨""鱼雁""香草""美人"等这些属于中国独有的意象词语相匹敌。

"种竹今逾万个，风枝静，日报平安。"这是宋代一个叫葛立方的词人填的一阕并不知名的小令，但竹报平安却是我国尽人皆知的象征。这句词，写的是平常日子里的景象，其中一个"静"字，道出这样平和居家日子的闲适。如果是在平常的日子里读，我会随手就翻过去，不会仔细看，觉得写得太水，大白话，没什么味道。如今读来，却让我向往，更令我感叹。日日足不出户宅在家中，没有任何人往来，屋里屋外，同样也是一个"静"字，心里却是暴风骤雨，电视屏幕中世界各地出现的确诊人数惊心动魄地频频增加，会让这个"静"字倾翻，而让"平安"二字格外升高，让人多么期盼。

"身投河朔饮君酒，家在茂陵平安否。"这是唐代王维的望乡之诗，远在他乡，喝着别人的酒，惦记着家人的平安，酒中该是何等的滋味。

"自别萧郎锦帐寒，凤楼日日望平安。"这是宋代陈允平怀远之诗，写闺中情思。"从今日望平安书，我欲灯前手亲拆。"这是放翁的诗，一样怀人念远，是对朋友的牵挂，对平安书信的渴望。他们都强调了对日日平安的渴望与期盼。如果仅仅是和平时期时光的阻隔，便只是日常的情谊缠绵，甚至是儿女情长；如果是灾难的阻隔，那平安的分量便会沉重无比。"尺书里，但平安二字，多少深长。"同样是平安书信，同样是宋代的词人，刘克庄的这句词，多少道出了这样的分量。

我所能读到的关于平安的古典诗词中，最让我感动并难忘的，是岑参的"马上相逢无纸笔，凭君传语报平安"。这是小时候就读过的诗句，那种在战争或离乱之中偶遇故人，无纸无笔，急迫匆忙之中让人传个话给家人报个平安的心情，什么时候读，都让人心动。比起同属于唐代诗人的张籍的诗句"巡边使客行应早，欲问平安无使来"，要好；比起元代顾德润的"归去难，修一缄回两字报平安"，要好不知多少。

岑、张、顾三位，同样都是归去难，一个只是守株待兔般空等使者的到来，好传递平安家书；一个是已经写好哪怕只有两字的平安书信；一个是偶然相逢归家的故人，托他传达平安的口信。一个让平安如同栖息枝头的鸟；一个则是让鸟迫不及待地放飞家中；一个是根本没有鸟，只是心意凭空传递，如同风看不见，却让风吹拂在你的脸庞和心间。平安，让相隔的关山万重显得多么沉重。岑参的好，是因为哪怕只得到平安的口信，也可以抚慰一些我们内心的牵挂与期盼。它会比接到真正的平安书信更让我们感动，并充满想象。平安，在虚实之间，在距离之间，变得那样绵长，更属于我们心底的一种期盼和祈愿。

同在望乡或怀远之中渴望平安消息一样，关于得到平安消息和终于平安归家的诗词，也有很多。"平安消息好，看到岭头梅"，这是文天祥的诗句；"旧赏园林，喜无风雨，春鸟报平安"，这是周邦彦的词；"难忘使君后日，便一花一草报平安"，这是辛弃疾的词。无论是得到平安消息，还是平安归来，他们都是将平安与梅花、春鸟，乃至一花一草那些美好的意象联系在一起。在这个动荡的世界上，平安，是最美好的一种意象，一种无价的向往。因为平安是和无价的生命紧密联系在一起的，任何财富与权势，都无法与之相比。

关于平安的近代诗词中，我最喜爱的是鲁迅先生和陈寅恪先生的两首绝句。

"我亦无诗送归棹，但从心底祝平安。"这是鲁迅先生1932年送给归国的日本友人的诗句。这一年，日本侵略者将战火烧到上海，战争烽火中，平安同那海上随海浪颠簸动荡的归棹一样，让人充满担忧，使得心中的祈愿是那样的一言难尽，意味深长。

"多少柔条摇落后，平安报与故人知。"这是陈寅恪先生1957年写给妻子的诗句。这一年，陈寅恪在广州中山大学教书，校园里，印度象鼻竹结实大如梨，妻子为竹作画，这是陈题画诗中的后一联。这一年，刚经历反右斗争，其平安一联是写给妻子也是告语朋友的。其中"柔条"和粗壮的象鼻竹毫不相称的对比，会让我们看到劫后余生的平安，是多么难能可贵，而让人们格外喟叹与珍重。陈寅恪为妻子写了两首题画诗，另一首尾联写道："留得春风应有意，莫教绿鬓负年时。"说的正是这珍重之意。可以说，珍重，是平安之后的延长线。平安，便有了失而复得之意，也有了复而再失的警醒。

人生沉浮，世事跌宕，无论在什么样的时代背景与生活境遇下，无论在什么样的生活动荡与变化中，哪怕我们早已经从农耕时代飞跃进电子时代，从古到今，平安都是为世界共情共生的一种期待与祈愿，这种期待与祈愿万古不变。特别是在如今疫情全球蔓延之际，这种平安的期盼与祈愿，更是让人把心紧紧地攥在胸口。无论富贵贫贱，无论种族国家，无论是梵蒂冈的教皇，还是不列颠的女王，无论是奔波在前线的战士，还是居家的普通百姓，没有比平安的期待与祈愿更重要的了。"但从心底祝平安"，是我们的期盼；"平安报与故人知"，是我们的祈愿。

让我一直隐隐悬着的心一下子放下来的是，前两天的晚上，家对门一楼的房间里亮起了灯，橘黄色的灯光，明亮地洒满他们家的阳台。主人终于平安地回家了。尽管错过了今年小院里杏花如雪盛开，但那两棵杏树，已经绿荫如盖，也算是替他们守在家中，便"一花一草报平安"了。

你还能感动得流泪吗

有一天，俄罗斯著名的油画家列维坦独自一人到森林里去写生。当他沿着森林走到一座山崖的边上，正是清晨时分。他忽然看到山崖的那一边被初升的太阳照耀出他从来没有见过的一种美丽景色的时候，他站在山崖上感动得泪如雨下。

同样，德国的著名诗人歌德，有一次听到了贝多芬的交响乐，被音乐所感动，以致泪如雨下。另一位俄罗斯的文学家托尔斯泰，听到柴可夫斯基的第一弦乐四重奏第二乐章《如歌的行板》的时候，一样被音乐感动而热泪盈眶。

无论是列维坦为美丽的景色而感动，还是歌德和托尔斯泰为动人的音乐而感动，他们都能够真诚地流下自己的眼泪。如今，我们还能够像他们一样会感动、会流泪吗？

提出这样的问题，是因为我们现在面对世界的一切值得感动的事情，已经变得麻木，变得容易和感动擦肩而过，或根本掉头而去，或司空见惯得熟视无睹而铁石心肠。我们不是不会流泪，而是那眼泪更多的是为一己的失去或伤心而流，不是为他人而流。

回答这样的问题,首先要问列维坦、歌德和托尔斯泰,为什么会被仅仅是一种客观的景色、一种偶然的音乐而感动?那是因为他们的心中存有善良而敏感的一隅。感动的本质和核心是善,失去或缺少了内心深处哪怕尚存的一点点善,感动就无从谈起,感动就会如同风中的蒲公英离我们远去。

所以,我说:善是感动深埋在内心的根系,只有内心里有善,才能够长出感动的枝干,因感动而流下的眼泪,只是那枝头上迸发开放出的花朵。

内心里拥有善,才会看见弱小而感动得自觉前去扶助,才会看见贫穷而情不自禁地产生同情,才会看见寒冷而愿意去雪中送炭。善是我们内心最可宝贵的财富,是我们民族历史中最可珍惜的传统,是我们彼此赖以生存和心灵相通的链环。悲欢离合一杯酒,南北东西万里程,沉淀在我们酒液里的和融化在我们脚步中的,都是这样一点一滴播撒和积累下的善,让我们在感动别人的同时,也被别人所感动着,从而形成一泓循环的水流,滋润着我们哪怕苦涩而艰难的日子,帮助我们度过相濡以沫的人生。

在一个商业时代里,有的人迅速发财致富,富得只剩下钱了,可以去花天酒地,一掷千金,却唯独缺少了善,感动自然就无从谈起。欲望在膨胀,善已经被钱蛀空,爱便也就容易移花接木蜕变成了寻花问柳的肉欲,感动自然就容易被感受和性感所替代。虽然,感受和感动只是一字之差,感受却可以包括享受在内一切物质的向往和欲望,感动却是纯粹属于精神范畴的活动。因此,感受是属于感官的,感动是属于心灵的。感受是属于现实主义的,感动是属于浪漫主义的。就不要再拿性感和感动相比了,虽然那也只是一字之差,却早已经是差之千里。

所以,有的人可能自己依旧不富裕,但内心里依然保存着祖传下来的那一份善,将如今已经变得越发珍贵的感动保留在自己的内心,他的内心便是富有的,如一棵大树盛开出满枝的花朵,结出满枝的果实。

在一个商业社会里,貌似花团锦簇的爱很容易被制作成色彩缤纷的各种商品,比如情人节里用金纸包裹的玫瑰或圣诞节时以滚烫语言印制的贺卡,以及电视中将爱夸张成为卿卿我我不离嘴的肥皂剧,有时也会让你感动,那样的感动是虚假的,如同果树上开的谎花儿,是不结果的。而在这样的商业社会里,善是极其容易被忽略和遗忘它存在的重要性和必要性。因为善不那么张扬,不像被涂抹得猩红的嘴唇,抒发出抒情的表白。善总是愿意默默地,如同空气一样,看不见却无时不在你的身旁才对。因此,感动从来都是朴素的,是默默的,是属于一个人的,你悄悄地流泪,悄悄地擦干。

再说一句,善,一般是和"慈"字连在一起的。慈善,是一种值得敬重的美德。慈善事业,是一种积德的美好事业。慈者,就是爱的意思,古书中说:"亲爱利子谓之慈,恻隐怜人谓之慈。"在家者,为之慈母、慈父、慈子;在外者,则为之慈善。我们不可能只待在窄小的家里,我们都需要推开家门走到外面去,我们便都需要为别人播撒爱和善的同时,也需要别人为我们播撒爱和善。爱和善,就是这样紧密地联系在一起，繁衍着人类的生存，绵延着爱的滋润。而真正的感动就是在它们的根系下繁衍不绝的。世界上爱和善越来越多，被我们感动的事情就越来越多。

伟大的音乐家贝多芬曾经说过："没有一个善良的灵魂，就没有美德可言。"没错，善是我们不可或缺的美德，感动就是我们应该具有的天然品质。或许，感动而泪如雨下，显示了我们人类脆弱的一面，却也是我们敏感、善感而不可缺少的品质。我们还能不能够被哪怕一丝微小的事物而感动得流泪，是检验我们心灵品质的一张 pH 试纸。

图书在版编目（CIP）数据

人间有个小菜园 / 肖复兴著. -- 北京 : 北京联合出版公司, 2025. 7. -- ISBN 978-7-5596-8538-4

Ⅰ．I267

中国国家版本馆CIP数据核字第20255RA806号

人间有个小菜园

作　　者：肖复兴
出 品 人：赵红仕
责任编辑：孙志文
封面设计：尚燕平

北京联合出版公司出版
（北京市西城区德外大街83号楼9层　100088）
北京时代华语国际传媒股份有限公司发行
三河市宏图印务有限公司印刷　新华书店经销
字数180千字　880毫米×1230毫米　1/32　8.75印张
2025年7月第1版　2025年7月第1次印刷
ISBN 978-7-5596-8538-4
定价：58.00元

版权所有，侵权必究
未经书面许可，不得以任何方式转载、复制、翻印本书部分或全部内容。
本书若有质量问题，请与本公司图书销售中心联系调换。电话：010-63783806